UN
TÉMOIN MUET

PAR

EDMOND YATES

TRADUIT LIBREMENT DE L'ANGLAIS

PAR

MADAME DUSSAUD-ROMAN

TOME PREMIER

PARIS

GRASSART, LIBRAIRE-ÉDITEUR

2, RUE DE LA PAIX, 2

1880

UN TÉMOIN MUET

COULOMMIERS. — TYPOG. PAUL BRODARD.

UN
TÉMOIN MUET

PAR

EDMOND YATES

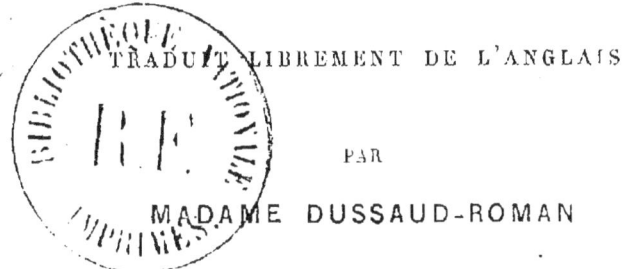

TRADUIT LIBREMENT DE L'ANGLAIS

PAR

MADAME DUSSAUD-ROMAN

TOME PREMIER

PARIS

GRASSART, LIBRAIRE-ÉDITEUR

2, RUE DE LA PAIX, 2

1880

UN
TÉMOIN MUET

CHAPITRE PREMIER

LE MEURTRE DE M. MIDDLEHAM

Middleham, ni plus ni moins. Ce simple nom était gravé en grandes lettres noires sur une plaque de cuivre, clouée sur une porte, dont la partie supérieure était formée de carreaux de vitre enchâssés dans des cadres de fer, et dont la partie inférieure, en bois de chêne, jadis peinte et vernie, était maintenant décolorée et ternie par l'usage. Derrière cette porte allaient et venaient les commis, la plume à l'oreille, la bouche ornée de bouts de ficelles et qui, les mains encombrées de registres ou de portefeuilles, ouvraient et repoussaient les portes à grand renfort de coups de genou et de coups de pied. C'était un va-et-vient continuel, car la maison de banque de M. Middleham était l'une des plus considérables de Londres. Elle

était située dans une sombre petite rue de la
Cité, juste à côté de la boutique d'un marchand
d'épicerie en gros. Cette proximité n'était pas sans
inconvénient, car les tonneaux de beurre, les
corbeilles d'œufs, les piles de jambons et les montagnes de fromage encombraient la rue et empê-
chaient les voitures d'avancer : les beaux messieurs
et les élégantes dames qui venaient pour leurs affaires chez le banquier étaient contraints de descendre de leurs équipages pour gagner à pied les
bureaux de M. Middleham. Quelques douairières
et quelques vieux gentilshommes, auxquels il était
arrivé quelque petit accident, comme de marcher
sur un œuf ou de glisser sur un morceau de lard,
avaient bien menacé de retirer leur clientèle à
M. Middleham, mais ils n'en continuaient pas
moins à lui confier leurs économies et leurs titres.
Une fois qu'on avait un compte ouvert chez ce
banquier, on ne songeait pas à le lui redemander,
et de père en fils on se le passait comme un hé-
ritage. Hugh Middleham, qui était à la tête de la
maison en 1860, avait été fort jeune l'associé de
son père; depuis lors, grâce à son activité, à son
intelligence, à son habileté, les affaires n'avaient
fait qu'augmenter; mais le nombre des commis
n'avait pas changé, et le matériel des bureaux était
aussi défraîchi, aussi crasseux que par le passé.

Dans le public, on assurait que le succès de la

maison de banque était dû à la valeur personnelle
de M. Middleham. Il était sage et prudent en affaires; mais il ne reculait pas, à certains moments,
devant une spéculation un peu hardie, et ses manières engageantes et polies charmaient tous ceux
qui avaient affaire à lui. Jeune encore, il avait
épousé une charmante jeune fille qui, avec son
joli visage, lui avait apporté une belle dot; et,
maintenant qu'il avait les cheveux blancs et qu'il
était veuf depuis longtemps, sa bonne étoile ne
l'avait pas abandonné : il réussissait dans tout ce
qu'il entreprenait.

Quoiqu'il n'y eût plus de dame pour en faire les
honneurs, les fêtes que donnait M. Middleham dans
sa splendide villa de Loddonford, sur la Tamise,
étaient toujours fort brillantes, et tout le monde
fashionable s'y donnait rendez-vous.

Avec les années, il avait adopté un genre de vie
plus tranquille, préférant au monde et au bruit du
monde sa paisible retraite de Loddonford, où il
passait le plus de temps possible, donnant ses ordres aux jardiniers, ou lisant Horace sous les beaux
arbres qui bordaient la rivière.

Une ou deux fois par mois, il couchait dans son
ancien logement de garçon, au-dessus de ses bureaux : c'était lorsqu'il y avait un surcroît inattendu
de travail.

L'épicier en gros, qui demeurait à Highbury

et ne venait en ville que pour la journée, arrivait à son magasin tous les matins, à la même heure et par le même omnibus. Il trouva un jour la rue, ordinairement encombrée par ses corbeilles et ses ballots, envahie par une masse humaine, une foule qui allait, venait, criait, se bousculait et semblait avoir perdu la tête. La première pensée du négociant fut que son magasin avait pris feu. Ç'avait été de tout temps son idée fixe, celle qui empoisonnait ses jours et ses nuits et le hantait jusque dans sa retraite de Highbury. Mais quand il aperçut au loin ses comestibles étalés devant sa porte, qu'il se rendit compte que du jambon et du lard ne brûleraient pas sans répandre une forte odeur, quand il ne vit ni flamme ni fumée, il fut rassuré. C'était autour de la maison de banque que la foule était amassée, c'était à la porte des bureaux que stationnaient deux agents de police. Le malheureux épicier, à peine remis de sa première frayeur, pâlit affreusement à cette vue. Il avait de fortes sommes déposées chez le banquier, et justement la veille il lui avait remis cent mille francs destinés à son correspondant de Chicago; or il était évident, d'après tout le tumulte qui se faisait dans la rue, que la banque avait cessé ses payements !

Et cependant les commis allaient et venaient entre les agents de police, l'air effaré et affairé, mais portant sous le bras leurs portefeuilles de cuir, pleins d'effets et de mandats, et il n'y avait pas le moindre avis affiché sur la porte pour annoncer un désastre au public !

Le pauvre épicier, ne pouvant rien comprendre à ce qui se passait sous ses yeux, devenait de plus en plus anxieux. Il se jeta au milieu de la mêlée, et, à force de coups de poing et de coups de coude, il parvint à se faufiler jusqu'aux agents de police, auxquels il posa enfin la question qui l'étouffait :

« Qu'est-il arrivé ? »

Le sergent de ville, un gros et gras personnage, le visage empourpré, les moustaches noires et la tunique boutonnée jusqu'au cou, le toisa un moment du regard, et afin, sans doute, de produire une impression plus saisissante sur son interlocuteur, il laissa tomber de ses lèvres ce simple mot : *Meurtre !*

« Quoi ? que dites-vous ? s'écria l'épicier, qui serait tombé à la renverse, s'il n'eût été soutenu par la foule.

— Meurtre ! M. Middleham, là-haut, a été assassiné.

— Grand Dieu ! et comment cela est-il arrivé ? quel est le coupable ? est-il arrêté ? Racontez-moi tout cela, mon bon ami, » continua le négociant sans reprendre haleine.

Mais le constable le poussa de côté :

« Je n'en ai pas le temps maintenant, monsieur.

Prenez vos renseignements ailleurs ; tout le monde en sait autant que moi. »

Puis élevant la voix :

« Circulez, messieurs, circulez, et laissez passer ceux qui ont à faire dans la maison ! »

La nouvelle était vraie. M. Middleham avait vaqué à ses affaires toute la journée précédente ; il avait fait prévenir la femme de charge, qui demeurait seule dans son petit appartement, qu'il coucherait ce soir-là en ville. Il avait quitté les bureaux aussitôt après leur fermeture et n'était rentré chez lui que vers neuf heures. Qu'avait-il fait pendant ce temps ? Nul ne le savait ; mais il était à présumer qu'il avait dîné à son cercle, comme cela lui arrivait souvent, et qu'il était rentré pour terminer quelques affaires. Vers onze heures, sa vieille bonne lui avait apporté un grog chaud et l'avait trouvé courbé sur son grand livre. Avec la liberté dont usent et abusent les anciens domestiques, cette femme lui avait fait observer qu'il travaillait bien tard et se fatiguerait ; à quoi il avait répondu que le travail de tête ne lui était nullement pénible, mais qu'il aurait préféré rester à la campagne, sans l'absence de M. Heath, son principal employé, qui était sur le continent et ne devait rentrer à Londres que le lendemain. « Soyez tranquille, ajoutait-il, je me propose de ne plus revenir coucher ici de tout l'été ; mes fleurs et mes ombrages de Loddonford me semblent bien préférables à la fumée et à la chaleur de Londres. »

La femme de charge lui souhaita le bonsoir ; elle fut la dernière qui vit M. Middleham en vie.

Il n'y avait jamais besoin d'éveiller M. Middleham : même lorsqu'il couchait en ville, il se levait à sept heures et allait faire un tour avant son déjeuner. Aussi le lendemain, lorsque huit heures sonnèrent et que son maître ne parut point, la vieille bonne se figura qu'il avait veillé trop tard et dormait encore ; elle frappa à la porte ; aucune réponse ne se faisant entendre, elle s'éloigna, pour revenir au bout d'une demi-heure, mais sans plus de succès. A ce moment-là, M. Frodsham, qui, en l'absence de M. Heath, remplissait les fonctions de caissier principal, était arrivé pour se trouver à son poste à l'ouverture des bureaux. Effrayée du silence de son maître et de son sommeil prolongé, la vieille bonne descendit pour lui demander de l'accompagner jusqu'à la chambre de M. Middleham. M. Frodsham, le type du commis de banque par sa scrupuleuse exactitude, mais aussi par sa stupidité qui l'avait condamné à manquer toutes les occasions d'avancement, et qui détestait par-dessus tout ce qui le sortait de sa routine, commença par refuser, sous prétexte qu'il n'entrait pas dans ses fonctions de réveiller son patron ; mais enfin, ne pouvant trouver les clefs de la caisse, force lui fut de monter chez M. Middleham pour les lui demander. La bonne l'accompagnait.

Ils frappent à la porte : pas de réponse. Ils essayent une seconde fois plus fort : toujours pas le moindre bruit ; ils touchent le loquet, qui cède sous leur pression, et ils entrent dans la chambre. Les persiennes sont hermétiquement closes ; ils font quelques pas.

« Monsieur Middleham ? dit le commis.

— Dormez-vous toujours, monsieur ? » dit la femme de charge.

Pas un mot, pas un son, sauf le tic-tac monotone de la vieille pendule de bronze, posée sur la cheminée.

« Il dort bien profondément, madame, murmura M. Frodsham.

— Je crains qu'il ne soit malade ; il a pourtant une si belle santé ! Voudriez-vous ouvrir la persienne ? »

Quoique ceci n'entrât certainement pas dans ses fonctions, le vieux commis se dirigea vers la fenêtre avec un soupir. Quand un peu de jour pénétra dans la chambre, on vit la table de nuit renversée, la montre, le portefeuille et le bougeoir sur le plancher. La femme de charge pâlit et fondit en larmes.

« Certainement il est malade ! » s'écria-t-elle.

Et elle courut au lit, dont elle écarta vivement les rideaux : elle poussa un cri en se rejetant en arrière, et le vieux commis, se penchant en avant, vit le corps de son patron raide et sans vie jeté en travers du lit.

« Il y a au moins cinq ou six heures que la vie est éteinte, dit sentencieusement un jeune docteur du voisinage qu'on avait appelé en toute hâte. La cause? Parbleu, elle n'est pas difficile à constater! »

Et il montrait le visage congestionné du mort, son cou gonflé et constellé de marques noires, des égratignures et des ecchymoses en tous sens.

Une affreuse pensée traversa le cerveau de M. Frodsham.

Il avait cru d'abord que son patron avait eu une attaque d'apoplexie; mais il venait d'entrevoir la vérité, et d'une voix tremblante d'émotion :

« M. Middleham a été assassiné, dit-il.

— Précisément! » répondit le jeune docteur, qui commençait à regarder ce pénible événement comme un bonheur pour son avenir.

Il venait d'être appelé pour constater le décès; il faudrait déposer devant le juge d'instruction; son nom paraîtrait dans tous les journaux, et peut-être, lorsqu'il ne serait plus un inconnu perdu dans la foule, la clientèle lui viendrait-elle enfin.

« Oh! monsieur, s'écria la femme de charge, qui pleurait amèrement, est-ce que vous croyez que mon pauvre maître a été étranglé?

— Étranglé est le mot vulgaire, répondit le jeune

Esculape en assujettissant son lorgnon sur son nez et prenant un air important. Nous employons un autre terme professionnel. Je n'ai pas besoin de vous donner ici de plus amples explications ; il faut tout de suite avertir la police ; il faut faire une enquête, des constatations légales, auxquelles je compte assister. Je vais laisser ma carte sur la cheminée, de manière qu'on puisse me faire appeler. Bonjour, madame ! »

Et il disparut.

L'enquête fut ce que sont toutes les enquêtes. Le corps subit un premier examen, et l'agent de police se convainquit qu'il y avait eu « violence ».

« Maintenant que nous sommes sûrs du crime, dit-il à ses acolytes, il faut en rechercher le motif. Jusqu'ici, je ne le vois pas. Ce n'est pas le vol, puisque voilà la montre et le portefeuille de la victime ; un voleur n'aurait pas abandonné ces objets-là.

— Mais la banque ? cria M. Frodsham, qui commençait à s'impatienter.

— La banque ? répondit le policier, auquel ces mots avaient suggéré une nouvelle idée, mais qui ne voulait pas laisser voir sa surprise, la banque, nous allons y arriver, monsieur ; ne soyez pas si pressé. Il faut nous assurer que personne n'a pénétré dans les bureaux.

— Il faut alors prendre les clefs de M. Middleham, reprit le commis ; il y en a une qui ouvre le cabinet particulier du patron, dans lequel se trouve le coffre-fort. Il me la faut en tout cas pour faire les payements de la journée. »

Le trousseau de clefs fut introuvable ; la femme de charge était presque sûre de l'avoir vu sur la table à côté de son maître, quand elle l'avait quitté la veille au soir, mais il n'était plus là.

Que faire? L'heure était avancée; il fallait ouvrir la caisse. Tout à coup, M. Frodsham se souvint que M. Danby, qui remplissait les fonctions de secrétaire particulier de M. Middleham, avait une double clef du coffre-fort. Le jeune employé devait être arrivé; il fallait descendre lui demander la clef. On laissa la femme de charge seule auprès du corps de son maître, pour lui rendre les derniers devoirs, et la police se rendit dans les bureaux.

Les employés, au lieu d'être à leurs occupations ordinaires, causaient par groupes avec animation, car ils ne connaissaient du crime que le simple fait que leur avait annoncé le portier à leur arrivée. M. Danby changeait sa redingote noire contre une jaquette de travail au moment où M. Frodsham l'appela. C'était un jeune homme de vingt-quatre ans environ, d'une physionomie franche et loyale, avec des traits réguliers, de belles dents, une abondante chevelure : tel était son extérieur. Avait-il une double clef du coffre-fort? Certainement; mais pourquoi la lui demandait-on? Était-il arrivé quelque chose

d'extraordinaire? M. Frodsham haussa les épaules
en soupirant. L'agent de police murmura quelques
mots entre ses dents sur la nécessité de compter
ses paroles, de se tenir sur ses gardes, etc., auxquels
le jeune homme ne comprit rien. Il offrit la clef et
accompagna le policier et M. Frodsham dans le
cabinet de M. Middleham.

M. Moger, le bel esprit du bureau, souffla à
l'oreille d'un camarade : « Danby a fait sauter la
caisse; on va le fouiller! » plaisanterie qui fit rire
toute l'assistance.

La clef de M. Danby n'était pas nécessaire, car le
coffre-fort était tout grand ouvert. M. Frodsham ne
pouvait en croire ses yeux et Danby poussa un cri
d'étonnement. La police regardait en silence; mais
le principal agent, sans perdre de vue les deux
employés, proposa une investigation plus appro-
fondie.

« Il me paraît certain maintenant, dit M. Frodsham, qu'il y a eu vol tout aussi bien que meurtre;
les malfaiteurs auront été troublés, et ils se seront
enfuis laissant la porte extérieure du coffre-fort
ouverte.

— Je ne le pense pas, poursuivit Danby, qui avait
examiné la serrure de sûreté. On dirait que rien n'a
été dérangé ici, car la clef à secret est dans sa position normale; M. Middleham a peut-être oublié.....

— Peu probable! riposta M. Frodsham. Avez-vous jamais vu M. Middleham oublier le moindre détail quand il s'agissait d'affaires ? Moi qui ai vécu trente ans sous ses ordres, je puis vous répondre qu'il n'y a pas eu négligence de sa part.

— Il vaut mieux ouvrir tout de suite la serrure de sûreté, dit sentencieusement l'agent de police ; nous perdons notre temps en vains discours. »

La serrure était hermétiquement fermée ; mais, quand on parvint à l'ouvrir, il n'y eut plus le moindre doute à avoir. Il y avait des morceaux de ficelle, des lambeaux de papier, un vieux bout de bougie placé sur un rayon, et jusqu'à une pince à froid, qui avait dû servir à forcer la serrure et que, par mégarde, les voleurs avaient enfermée dans le coffre. M. Frodsham souleva une trappe en fer qui fermait un tiroir intérieur ; il poussa un cri d'angoisse.

« Il y avait là hier soir cinquante mille francs, dit-il, que j'y ai déposés moi-même sous les yeux du patron, après les avoir soigneusement comptés avec lui, et tout a disparu !

— Voyons les billets de banque, continua Danby en prenant un portefeuille, dont il ouvrit précipitamment les fermoirs. Non, poursuivit-il en jetant un coup d'œil sur le nombre et la valeur des billets, rien ne manque ; les vauriens auront manqué leur coup !

— Pas tant que cela, répondit l'agent de police. Des pièces d'or passent partout sans qu'on puisse

découvrir leur origine, tandis qu'il n'en est pas de
même pour les billets de banque, dont on connaît
les numéros et qu'on peut arrêter au passage. Ceux
qui ont fait le coup n'en sont pas à leurs débuts;
ils ont fait un coup de maître.

— Que voulez-vous dire, monsieur? demanda
M. Frodsham indigné.

— Simplement ceci, monsieur : c'est que les auteurs du crime connaissent à merveille les habitudes de la maison; ils ont su parfaitement s'y orien-
ter, trouver les clefs, profiter de l'absence du
caissier principal, qui, paraît-il, surveille bien son
monde, absence pendant laquelle, sans doute, la
discipline était un peu moins stricte. Ce qu'ils ne
savaient pas, puisque cela n'avait pas été décidé
d'avance, c'est que M. Middleham coucherait dans
son appartement de garçon, et c'est sans doute ce
qui lui a coûté la vie.

— Le croyez-vous vraiment? Seigneur, comme
cette fantaisie lui a coûté cher!

— Je crois qu'ils voulaient les clefs et que le
pauvre M. Middleham n'a pas voulu les leur abandonner; et alors..., alors..., vous comprenez! Néanmoins, monsieur, l'affaire se complique de plus en
plus, et je dois en référer à mon chef. Je vais laisser quelques-uns de mes hommes sur les lieux, car,
lorsque le crime sera connu publiquement, vous
serez envahi par les curieux. »

Tout le monde connaissait M. Middleham, et les badauds n'ont pas tous les jours des meurtres et des banques pillées pour occuper leurs loisirs. En traversant les bureaux, l'agent de police remarqua que les affaires continuaient comme si le chef de la maison n'avait pas disparu inopinément de la scène de ce monde.

Pendant ce temps, M. Frodsham et le jeune Danby s'assuraient de ce qui avait disparu ; un nombre considérable de valeurs et de titres avaient été respectés ; mais, par contre, des bijoux d'un prix immense avaient été enlevés. Danby se souvenait surtout d'une magnifique parure de diamants, confiée par une cliente en voyage..., qu'il avait aidé M. Middleham à inventorier et à empaqueter peu de jours avant le départ de M. Heath. Quand les commis eurent fini leurs perquisitions, le procureur de la reine avait déjà fait son enquête, la nouvelle du crime s'était répandue, et on entendait dans la rue les marchands de journaux qui criaient à tue-tête :

« Meurtre horrible!... Banquier assassiné... Vol considérable ! »

Avant la fin du jour, le meurtre de M. Middleham occupait toutes les imaginations et défrayait toutes les conversations.

Il y avait de longues années qu'un pareil crime, commis avec une pareille audace, n'avait eu lieu, et depuis les salons financiers jusqu'aux modestes restaurants fréquentés par les commis des maisons de banque, chacun discutait et commentait ce triste événement. Les journaux étaient remplis d'articles à sensation, et une. revue illustrée donna à ses abonnés une vue authentique de la chambre où le crime avait été commis ; un jeune poète puisa même quelques inspirations mélancoliques dans ce douloureux événement, et les prédicateurs en vogue en tirèrent une morale à l'usage de leurs ouailles.

Quant à la justice, après avoir bien examiné les lieux, questionné les gens, elle ne fut pas plus avancée que le matin même, et elle fut contrainte d'avouer que le crime avait été commis par une personne ou des personnes restées inconnues.

Inconnues elles étaient, et inconnues elles devaient toujours rester, semblait-il, car rien ne vint mettre sur leurs traces.

CHAPITRE II

LA NIÈCE DE M. MIDDLEHAM

La villa Chapone, occupée par le pensionnat des demoiselles Griggs, était située sur les confins de Hampstead, entre de grands prés et un manège. Elle était beaucoup trop grande pour le nombre de ses commensaux, car les élèves de cet établissement n'étaient qu'au nombre de trente-huit ; ces jeunes filles étaient de celles auxquelles leurs parents voulaient assurer le privilège d'une instruction solide, au lieu de leur faire suivre les cours et les conférences à la mode, dont la jeunesse ne retire pas d'ordinaire grand profit. Le loyer était bien un peu lourd pour les demoiselles Griggs, qui s'en étaient chargées à une époque où elles ne pouvaient admettre toutes les élèves qu'on leur proposait ; mais, comme il y avait un bail, il fallait continuer bravement à tra-

vailler, pour couvrir du moins les dépenses indis-
pensables. Aussi les deux sœurs poursuivaient-elles
leur tâche sans récrimination et sans répit pendant
neuf mois de l'année, heureuses et reconnaissantes
des quelques semaines de vacances durant lesquelles elles savouraient un repos et une liberté si la-
borieusement acquis.

Ce moment si ardemment désiré des vacances
était enfin arrivé, et pendant sept longues semaines
les dortoirs allaient être inhabités, les infortunés
voisins seraient délivrés du supplice infligé par les
exercices de Czerny ou l'ouverture de *Sémiramis;*
les demoiselles Griggs avaient loué deux chambres
à Herne Bay, au bord de la mer, où elles comptaient
passer leur temps à admirer les vagues et à lire
Byron, ce poète d'une moralité douteuse, dont elles
n'osaient pas même prononcer le nom devant leurs
élèves.

Il était cinq heures de l'après-midi; tout le jour,
les fiacres et les omnibus avaient fait grincer le
gravier de l'avenue, emportant quelques jeunes
personnes; les maîtresses étaient exténuées, tant
elles avaient fermé de malles et donné de poignées
de main. Enfin, Mlle Anna, qui avait passé son
après-midi sur le perron à saluer de la tête,
comme un mandarin chinois, envoyant des baisers
longtemps après que les voitures avaient disparu, vint rejoindre Mlle Marthe dans le salon et

se laissa tomber languissamment sur une chaise.

« Voilà Isabelle Cooke partie pour tout de bon, dit Mlle Anna ; une orgueilleuse, sotte fille jusqu'au bout, qui a daigné à peine me dire adieu, et pourtant nous avons été bien bonnes pour elle ! Je suis presque contente de penser qu'elle ne reviendra pas, quoique M. Cooke fût très coulant et très large pour toutes les dépenses extra.

— Elles sont toutes parties, n'est-ce pas, Anna ? répondit Mlle Marthe en arrangeant les plis de son tablier de soie noire.

— Oui, chérie, toutes, excepté Anne Studley et Grace. J'attends à chaque instant M. Middleham, ou quelqu'un de sa maison, et je serai très fâchée de me séparer de Grace ; celle-là, je la garderais volontiers pour rien, si nous pouvions nous accorder ce luxe.

— Je crois que Grace, malgré son bon caractère, ne serait pas très reconnaissante de ta bonne intention, quand elle songe à son avenir et aux espérances qu'il éveille en elle. La nièce d'un millionnaire, qui est en outre une charmante et jolie fille, peut compter sur un beau mariage. Ce qui m'a toujours semblé étrange, c'est son amitié pour Anne Studley.

— Tu n'as jamais aimé la pauvre Anne, Marthe, et moi, au contraire, je me suis toujours sentie attirée vers elle. Je vois bien ses défauts ; mais il y a pour moi un grand charme dans cette nature droite et énergique.

— En tout cas, son amitié a été fort utile à Grace, car cette enfant, timide et crédule, avait besoin d'un champion comme Anne pour la défendre contre les taquineries et les espiègleries de leurs compagnes.

— C'est justement ce que je te disais, reprit Mlle Anna ; Anne a toujours joui d'une grande popularité parmi les élèves ; pauvre enfant ! elle aura bien besoin de toute son énergie dans l'avenir, car elle n'a, pas plus que nous, la plus légère idée de ce qui lui est réservé.

— Toujours est-il, Anna, répondit Mlle Marthe, qui était l'aînée et la plus prudente des deux, que jamais le capitaine Studley ne nous a fait attendre le trimestre, et, quand Anne va nous quitter dans quelques heures, je ne crois pas que nous ayions le droit de nous immiscer dans ses affaires. Puisse-t-elle être heureuse ! Je le désire de tout mon cœur. Et maintenant, trêve aux affaires ! Prenons l'*Indicateur*, combinons notre voyage, et décidons par quel train nous partirons, jeudi. »

Les deux jeunes filles dont les demoiselles Griggs venaient de parler, après avoir arpenté le jardin dans tous les sens, s'étaient assises sur le gazon. Elles doivent toutes deux jouer un rôle important dans ce récit ; aussi nous permettrons-nous de les étudier aussi bien au physique qu'au moral.

Toutes deux sont belles, mais de types bien différents. Anna Studley est grande, bien faite, brune de
peau, avec des cheveux noirs et un regard honnête
et ferme ; intelligente, distinguée, le front bas, la
lèvre courte et dédaigneuse, le menton rond et
ferme ; ses manières sont vives, et elle gesticule
beaucoup en parlant. Ce n'est pas qu'elle parle ni
souvent ni beaucoup , car la courte expérience
qu'elle a faite de la vie l'a rendue pensive et mélancolique, et quand elle est avec sa compagne favorite
Grace Middleham, elle n'a pas besoin de faire grands
frais, Grace se chargeant de bavarder pour deux.
Cette dernière est jolie, blonde, avec des traits
réguliers, des manières timides, une voix douce et
tendre : une de ces frêles créatures qui ont sans
cesse besoin des conseils ou des encouragements de
ceux qui les entourent. Dans ce moment qui précé-
dait leur séparation, Grace, qui désirait pourtant
connaître les plans futurs de son amie, lui laissait à
peine le temps d'articuler ses réponses.

« Oui, chérie, le jour que nous avons si longtemps
redouté est enfin arrivé, disait Grace, et nous allons
quitter cet affreux séjour, qui aurait été plus affreux
encore si je ne vous y avais pas trouvée. Il faut
que nous décidions à présent ce que nous ferons à
l'avenir et comment nous pourrons nous réunir
souvent et nous écrire de même , quand nous
serons séparées , car notre intimité doit durer

autant que notre vie, et rien ne saurait la diminuer.

— Arrêtez, Grace, arrêtez, interrompit Anne avec un triste sourire, ou le souffle va vous manquer ! Ne croyez-vous pas, ma chérie, que moi aussi je pense que ce jour est le dernier que nous passons ensemble, quoique je ne déteste pas, comme vous, cette bonne et paisible maison ?

— Vous l'avez toujours aimée, je crois, murmura Grace ; vous parlez avec amour de cette détestable résidence et même de ces deux vieilles Griggs.

— J'en parle volontiers, et avec affection, parce que j'ai été très heureuse ici, d'un bonheur doux et paisible, comme je l'aime ; je n'ambitionne pas des sensations vives, enivrantes, qui ne sont, j'imagine, réservées qu'aux héroïnes de romans. Mon amitié pour vous m'a donné les plus vives jouissances que j'aie jamais ressenties, et, quant à nos pauvres vieilles institutrices, que vous appelez affreuses, elles ne m'ont jamais témoigné que de la bonté.

— Mais ce sont des créatures fausses et perverses, s'écria Grace, et pendant qu'elles vantent la beauté, les moyens, l'intelligence de leurs élèves, nous savons bien qu'elles n'en pensent pas le premier mot.

— Elles n'avaient aucun intérêt à faire parade de leur affection pour moi, reprit Anne. Je ne suis ni la fille ni la nièce d'un millionnaire, pour qu'on m'adule ou qu'on me flatte. Ces dames savent à quoi s'en tenir là-dessus. Je ne suis qu'Anne Studley, devant laquelle s'ouvre un avenir voilé et inconnu ! »

Anne prononça ces derniers mots en s'adressant plutôt à elle-même qu'à sa compagne, et son œil pensif se fixait au loin, comme si elle eût voulu percer les nuages qui lui dérobaient l'avenir.

« Vous êtes la plus aimable et la plus aimée des créatures vivantes, s'écria Grace en passant le bras autour du cou de son amie et en l'embrassant tendrement. Comment osez-vous rappeler que je suis la nièce d'un millionnaire, quand vous m'êtes tellement supérieure à tous les points de vue ? Que serais-je devenue dans cet... laissez-moi le dire, dans cet horrible séjour, si je ne vous avais pas eue près de moi ? Comment pourrai-je jamais vous en témoigner toute ma reconnaissance ? Quant à l'avenir inconnu qui va s'ouvrir devant vous, il me semble qu'à votre place j'en serais ravie après une réclusion si longue dans ce sombre édifice. Je crois bien que la campagne de mon oncle à Loddonford est triste ; mais tout me paraîtra gai et charmant, en comparaison de la pension.

— Je suppose que vous avez raison, à votre point de vue, dit Anne ; vous m'avez souvent dit que la villa de M. Middleham était fort jolie.

— Oui, sans doute, si des pelouses, des fleurs et une rivière constituent quelque chose de joli ; mais je n'y suis pas retournée depuis la mort de ma tante Hélène, parce que mon oncle n'aime pas les enfants, comme vous savez. J'ai passé toutes mes vacances ici jusqu'à présent, et je suppose qu'on me retire de pension, parce qu'on trouve que je suis assez âgée pour tenir le ménage de mon oncle. Mais un chez soi qui ne serait que joli ne saurait me satisfaire.

— Vraiment! répondit Anne, plongée dans une rêverie, vraiment! Oh! sans doute, je suppose qu'il faut encore le contentement et la paix.

— Le contentement et la paix, soit, dit Grace avec un éclat de rire. Loddonford est justement ce qu'il faut pour donner des fêtes, des bals champêtres, des régates, et je crois que mon oncle aime assez ce genre de divertissements-là. Il ne m'en a pas encore parlé, parce que sans doute il me considérait jusqu'ici comme une enfant; mais j'ai lu dans un journal que Mlle Marthe avait acheté, parce qu'il contenait le récit du mariage d'une de ses anciennes élèves, un long et minutieux compte rendu d'une réception de mon oncle dans sa villa, avec la liste de ses hôtes, qui m'ont paru gens de distinction. Je suis sûre que je le convaincrai facilement de la nécessité de recevoir souvent, et, si je ne réussissais pas, vous auriez certainement plus de succès, puisque vous faites faire à tout le monde ce que vous voulez. Nous nous amuserons beaucoup, n'est-ce pas, chérie?

— Je ne doute pas que ce ne soit le cas pour vous, ma chère ; mais je ne crois pas que je sois faite pour de pareils plaisirs, lors même que je serais avec vous. Vous semblez oublier, ma bonne amie, que notre vie commune va cesser bientôt, et que dès demain nous suivrons des chemins bien différents.

— Vous m'avez déjà dit cela souvent, Anne, et, malgré mes efforts pour obtenir une réponse positive à une question directe que je vous ai posée, vous l'avez toujours éludée.

— Essayez une fois encore, ma chérie, dit Anne en jouant avec les boucles blondes de sa compagne, je vous promets cette fois-ci de vous satisfaire.

— Eh bien, alors, je veux savoir, répondit Grace en prenant un air très décidé, pourquoi vous ne voulez pas me promettre, aussitôt que je serai installée à Loddonford, de venir m'y rejoindre ? Ne m'interrompez pas, poursuivit-elle en mettant la main sur la bouche d'Anne, qui allait parler ; je sais d'avance ce que vous allez me dire : que vous n'êtes pas officiellement invitée, qu'il me manque le consentement de mon oncle. Cela vous ressemble d'être minutieuse pour les formalités, et cela même entre nous ! Heureusement, je puis déjà réfuter cette objection, car, dans sa dernière lettre, mon oncle me dit que, comme sans doute sa maison me paraîtra triste, surtout pendant ses longues absences journalières, il désire que nous ayons constamment

des visites ; je vais vous lire ce qu'il m'écrit à ce
sujet : « Les jeunes filles ont la réputation de
« former en pension des amitiés éternelles, qu'elles
« oublient un an après leur entrée dans le monde. »
— Cela ne vous offusque pas, Anne ? Souvenez-vous
que c'est un vieux célibataire qui écrit ainsi ; je
continue : « Je ne mets pas en doute que, parmi vos
« compagnes, vous n'ayiez aussi une amie de cœur
« à laquelle vous confiez tous vos secrets et dont
« vous ne pourriez pas plus vous séparer qu'on
« ne pouvait séparer les cygnes de Junon. Dans ce
« cas, invitez-la à vous accompagner à Loddonford,
« où elle sera cordialement reçue. Prévenez-la seu-
« lement que vous ne lui rendrez pas sa visite,
« car il y a si longtemps que je n'ai vu ma petite
« nièce, que je compte la garder toute pour moi. »
Là, voilà ce qu'il me dit.

— Cette lettre respire la bienveillance et la bonté,
Grace ; vous devez en être bien heureuse, dit Anne
avec un profond soupir.

— Oui, je sais que je le devrais, et je le serai
si vous voulez m'aider à le devenir. Mais vous voyez
bien que vous éludez encore ma question. Voulez-
vous ou ne voulez-vous pas venir avec moi dans
ma nouvelle demeure ?

— Je crains que ce ne soit impossible, ma chère
enfant, repondit Anne tout doucement.

— Impossible ! et pourquoi ? s'écria Grace avec

vivacité; ne m'aimez-vous déjà plus? ne comptez-vous pour rien l'invitation de mon oncle? croyez-vous......

— Je veux dire simplement, ma petite chérie, que je suis dans la complète impossibilité de décider ce qu'il me sera permis ou non de faire dans l'avenir.

— Ne le savez-vous vraiment pas, ou ne voulez-vous pas le dire? riposta la pétulante Grace.

— J'ignore ce que je vais devenir, je ne sais pas encore à quoi l'on me destine, dit Anne lentement et avec effort.

— Vous ne me ferez pas croire que vous êtes tout à fait ignorante de ce qui vous concerne, Anne; votre père a dû vous donner au moins quelques indications pour l'avenir.

— Mon père ne m'a fait part d'aucun de ses projets; il ne m'a pas dit un mot de ce qu'il comptait faire de moi.

— Alors, combinons ensemble nos affaires, reprit Grace d'un air dégagé; vous retournerez chez vous avec votre père, comme une fille obéissante et soumise, et au bout de quelque temps vous viendrez me rejoindre. Une fois que je vous tiendrai, bien habile sera celui qui vous arrachera de mes griffes!

— Je suis peinée, chérie, de dissiper vos illusions, dit Anne en essayant de sourire; mais il vaut mieux que je m'explique sans réticences. Je vous ai peu parlé de ma position ou de ma famille ; mais, au moment de nous séparer, je sens que je vous dois quelques explications. Vous parlez de mon retour dans la maison paternelle, Grace. Mais je n'en ai pas !

— Comment, pas de maison paternelle ? s'écria Grace en serrant son amie dans ses bras. Ma pauvre, pauvre chérie !

— Du moins pas une demeure que je puisse appeler ainsi, reprit Anne. Ma mère est morte depuis si longtemps que je me la rappelle à peine, et mon père n'a pas d'intérieur en Angleterre, ses affaires l'appelant sans cesse loin d'ici.

— Mais le capitaine est quelquefois à Londres, car je me souviens qu'à plusieurs reprises vous êtes allée passer deux ou trois jours avec lui ; vous ne nous en parliez jamais ; mais Mlle Anna était moins discrète que vous et nous tenait au courant.

— En effet, j'ai été ainsi lui faire quelques courtes visites, dans un hôtel de Londres ; mais je ne puis appeler cela « la maison ».

— Oh ! non, je suis bien de votre avis ; dans un hôtel, quelle chose singulière ! Comment passiez-vous votre temps ?

— Presque toujours en courses dans la journée, et, le soir, mon père me conduisait au théâtre.

— Vraiment ? est-il bon pour vous ?

— Comment avez-vous pu supposer le contraire ?

repartit vivement Anne en rougissant. Rien de ce que je vous ai dit n'a pu vous induire à le croire, j'espère?

— Non, ma bonne amie, non, et je suis désolée de vous avoir fait une pareille observation, répondit Grace embarrassée ; mais cela me semble étrange qu'une jeune fille qui a le bonheur d'avoir encore son père le voie si peu ; du moins cela me parait ainsi ; mais je suis peut-être mauvais juge dans la question, n'ayant jamais connu le mien.

— Votre demande était toute naturelle, chérie, et je suis absurde de prendre les choses aussi vivement. Vous devez être frappée, comme tout le monde, du peu d'intimité qui existe entre mon père et moi ; cela n'en est pas moins vrai, et jusqu'ici je n'ai pas eu lieu de le regretter. Que seront nos rapports à l'avenir ? Je l'ignore complètement.

— Vous ne voulez pas dire que vous n'aimez pas votre père ? demanda Grace consternée.

— Je ne dis pas cela, chérie ; je crois avoir pour lui tout le respect que je lui dois ; mais c'est un homme étrange, que je connais fort peu, en somme. Je ne suis jamais à mon aise avec lui, et, pour tout dire, il me fait peur.

— Peur? Vous qui n'avez jamais craint personne, vous avez peur de votre propre père ?

— C'est une chose triste, reprit Anne, mais vraie ; je me suis souvent demandé comment moi, si peu

craintive d'ordinaire, je suis terrifiée en présence
de mon père. C'est ce sentiment qui m'a empêchée
de m'informer de ses projets en ce qui me concerne, et, comme il n'a pas pris l'initiative, je suis
dans une ignorance absolue de ce que me réserve
l'avenir.

— Jamais je ne vous aurais crue aussi poltronne,
Anne ; je vais désormais me prendre pour la bra-
voure incarnée. Que risquiez-vous? Il ne pouvait
que vous gronder, voilà tout.

—Il ne m'a jamais grondée, répondit Anne ; il est
vrai que j'ai soigneusement évité de lui en donner
l'occasion. Mais je l'ai vu en colère contre d'autres
que moi, et ce souvenir me fait frémir.

— Je ne vois pas ce que nous pourrons faire
alors, dit Grace, très désappointée. J'espère bien
que mon oncle ne ressemble pas à votre père ; sans
cela je gagnerais peu à sortir de pension. Je consi-
dérais cette vieille Marthe comme le plus parfait
spécimen d'une sorcière grognon, et vraiment vous
me donnez presque envie de ne pas la quitter.
Savez-vous, Anne, que le nom du capitaine Studley
me parait familier; il me semble que je dois l'avoir
connu autrefois à Loddonford.

— C'est possible, mais cela me paraît peu probable, chère Grace ; je n'ai jamais entendu papa
parler de cet endroit-là, quoiqu'à la vérité il n'eût
guère eu l'occasion de le faire avec moi.

— Parlez-moi de son extérieur, dit Grace, du moins si cela ne vous contrarie pas de répondre à mes questions; cela m'intéresse si vivement !

— Il est grand, mince, un peu âgé, avec des cheveux gris et une moustache épaisse; il a la tournure d'un soldat et marche droit et raide, d'une manière fort décidée. Ordinairement, il est très sérieux, quoique parfaitement poli avec les dames. Je crois qu'il n'a aucun autre trait remarquable.

— Je suis sûre que c'est le capitaine Studley que je me rappelle; je vois encore le salut qu'il me fit, quand mon oncle me le présenta, si différent de la manière dont les jeunes gens saluent ! eux qui croient nous accorder une faveur en s'inclinant devant nous ! Que c'est drôle pourtant que je connaisse votre père !

— Je suis surprise que papa ne m'ait jamais parlé de M. Middleham, car, moi, je lui ai bien souvent parlé de vous ; mais il est si peu causeur que, lorsque nous sommes ensemble, je fais à moi seule les frais de la conversation.

— Ce n'est pas chez mon oncle que j'ai rencontré le capitaine Studley, poursuivit Grace. Il descendait la grande rue du village, et il me semble me souvenir vaguement qu'on m'a dit qu'il y demeurait.

— Je crois que votre imagination fait un peu les

frais de votre histoire, reprit Anne avec un sourire mélancolique; d'après la description que vous m'avez faite de ce paisible Loddonford, c'est, me semble-t-il, le dernier endroit que mon père choisirait pour y planter sa tente, surtout après la vie errante et agitée qu'il a toujours menée.

— Bah! tout s'arrangera, chantonna Grace en faisant une pirouette; vous persuaderez à votre père de louer une maisonnette dans un faubourg de Londres, et, si vous trouvez la tâche trop difficile, appelez quelques amis de votre famille à la rescousse.

— Vous oubliez, Grace, que je ne connais aucun des amis de mon père et que je le connais bien peu lui-même.

— Je pensais que vous en aviez rencontré quelques-uns à l'hôtel, les jours de sortie, ou qu'ils vous avaient accompagnés au théâtre.

— Vous me rappelez qu'en effet nous sommes allés un soir à l'Opéra avec un monsieur dont j'avais tout à fait oublié l'existence. Il s'appelait Heath, si je me souviens bien.

— Alors je n'ai plus de doute que ce ne soit votre père que j'ai vu à Loddonford, parce que j'ai entendu mon oncle parler d'un M. Heath qui est son caissier principal.

— Votre argument ne me paraît pas des plus concluants : néanmoins ce ne serait pas impossible.

Comment est votre M. Heath ? Celui que j'ai vu est brun et grand.

— Mais je n'ai jamais vu M. Heath ! s'écria Grace, et, si j'avais eu cet avantage, il est probable que je n'aurais pas fait attention à lui plus qu'à un autre des commis de la banque. Mais que vient faire ici la femme de chambre ? — Est-ce nous que vous cherchez, Marie ?

— Pardon, mademoiselle, de vous déranger, mais on demande Mlle Middleham au salon ; un monsieur est venu pour la voir, et Mlle Marthe désire que vous rentriez tout de suite.

— Nous serons à la maison en même temps que vous, » dit Anne.

Et les jeunes filles reprirent le chemin de la villa.

Mlle Anna était dans le jardin. Anne fut frappée de l'air ému de leur maîtresse ; sa pauvre petite main desséchée tremblait quand elle la posa sur l'épaule de Grace.

« Est-ce mon oncle qui est au salon, mademoiselle Anna ? demanda Grace.

— Non... ce n'est pas votre oncle, ma chère ; c'est un commis de la banque ; il demande à vous voir sans délai. Ne vous effrayez pas ; mais... il vous apporte, je le crains, de mauvaises nouvelles.

— De mauvaises nouvelles ! s'écrièrent d'une même voix les deux amies.

— C'est du moins ce qu'il nous a dit ; Marthe m'a

chargée de vous prévenir pour que la secousse ne vous ébranlât pas trop. Que Dieu vous bénisse, ma chère enfant, et vous soutienne dans votre chagrin ! »

En disant ces mots, la pauvre vieille demoiselle fondit en larmes.

« Venez avec moi, Anne ; je n'ai pas le courage d'affronter seule l'orage, » murmura Grace à voix basse.

Elle avait pâli, et ses lèvres étaient fortement serrées l'une contre l'autre.

« Certainement, puisque vous le désirez, » répondit Anne en lui serrant la main.

Au moment où elles entrèrent dans le salon, un monsieur qui regardait par la fenêtre se tourna vers elles. C'était un bel homme, grand, brun, de figure agréable, et Anne reconnut sans peine l'ami de son père, M. Heath.

CHAPITRE III

LES COMMIS DE M. MIDDLEHAM

M. Heath quitta la fenêtre au moment où les deux jeunes filles entrèrent dans le salon. Malgré la gravité exceptionnelle de cette entrevue, Anne eut peine à réprimer un sourire, en se rappelant le mépris avec lequel Grace parlait un instant auparavant des « commis de son oncle ». Certainement, peu d'entre eux devaient avoir l'air mieux élevé, plus intelligent, plus distingué, plus froid que M. Heath, dont l'extérieur n'aurait pas déparé une couronne de duc.

Il salua les deux amies avec une politesse parfaite ; mais il parut ensuite ignorer la présence d'Anne, pour s'adresser exclusivement à Grace.

« Je viens remplir une triste mission auprès de vous, mademoiselle Middleham, dit-il d'une voix qu'il s'efforçait de rendre sympathique et qui restait par-dessus tout celle d'un homme d'affaires; je vous apporte de mauvaises nouvelles.

— Mon oncle est peut-être malade? » répondit Grace fort anxieuse, mais conservant encore son maintien froid et digne en présence de cet employé.

Anne cherchait à deviner dans les traits de M. Heath ce qu'il allait leur annoncer; mais il continua à s'adresser uniquement à Grace.

« C'est plus triste encore, poursuivit-il. M. Middleham est mort. »

Grace chancela, et serait tombée si Anne ne l'eût entourée de son bras vigoureux, murmurant à son oreille des paroles de sympathie et d'encouragement. Quand la jeune fille eut repris un peu d'assurance, elle dit :

« Quel malheur! Cela a donc été bien soudain, car, hier encore, j'ai reçu une lettre de lui!

— En effet, très-soudain, et dans des circonstances particulièrement pénibles. Je croirais manquer à mon devoir, mademoiselle Middleham, si je vous cachais plus longtemps ce que vous apprendrez infailliblement dans quelques heures : votre oncle a été assassiné!

— Assassiné! répéta Grace terrifiée en se serrant contre sa compagne. Qui pouvait lui en vouloir? Il était le meilleur homme du monde, et je ne croyais pas qu'il eût un seul ennemi!

— Sans doute, reprit M. Heath avec plus de sécheresse; mais il ne paraît pas y avoir eu dans ce cas de haine personnelle, car on l'a assassiné pour le voler ensuite. Le coffre-fort renfermait de fortes sommes et des bijoux d'une grande valeur, et on suppose que c'est en luttant pour défendre ses clefs que M. Middleham aura succombé. Du moins tels sont les détails qu'on m'a donnés à mon retour, car j'étais malheureusement absent et ne suis revenu de Hambourg que quelques heures après le crime. »

Grace cacha son visage inondé de larmes sur l'épaule de son amie, et Anne, qui savait qu'il fallait la laisser pleurer, lui caressa tendrement les cheveux sans lui parler. M. Heath contempla pendant un instant ce joli tableau, avec un intérêt évident; mais bientôt il se mit à battre du tambour avec ses doigts sur la cheminée contre laquelle il s'appuyait. Anne saisit ce bruit, quelque léger qu'il fût, et l'expression du visage de M. Heath lui fit comprendre que celui-ci n'avait pas terminé sa mission.

« Il faut prendre courage, ma chère Grace, murmura-t-elle; ce monsieur a encore quelque chose à vous dire. Veuillez excuser Mlle Middleham, monsieur, continua-t-elle; cette affreuse nouvelle l'a bouleversée. Vous lui apportez sans doute quelques directions sur ce qu'il convient qu'elle fasse, car vous n'ignorez pas qu'aujourd'hui même elle devait

quitter cette maison pour aller habiter auprès de
son oncle.

— La femme de charge de M. Middleham m'en a
en effet dit quelques mots, répondit froidement
M. Heath. Je n'avais que des rapports officiels avec
M. Middleham, et rarement il me parlait de ses
affaires personnelles. Mais comme je possédais toute
sa confiance en ce qui concerne la banque, on a
trouvé convenable que je vinsse auprès de mademoiselle Middleham pour m'entendre avec elle sur
ses projets actuels.

— Mlle Middleham est-elle libre de faire ce qui
lui convient?

— Pendant ces premiers jours, certainement; elle
peut rester ici ou aller s'établir à Loddonford. Lorsqu'on ouvrira le testament de son oncle, on y trouvera sans aucun doute des directions positives, car
il était trop homme d'ordre et homme d'affaires
pour n'avoir pas décidé ce que deviendrait sa nièce,
au cas où il viendrait à mourir.

— Alors elle n'a qu'une décision momentanée à
prendre? — Vous avez entendu ce que monsieur
vient de dire, ma chère Grace : vous n'avez qu'à
dire ce que vous désirez.

— Oh! laissez-moi rester ici, je vous en prie? gé-
mit Grace. Je ne pourrais aller nulle autre part.
Laissez-moi près de vous, Anne.

— Cela me semble en effet le plan le plus sage,

dit M. Heath, qui semblait avoir assez de cette scène de désolation. Je suppose que les maîtresses de pension ne feront aucune objection et que nous pouvons considérer la chose comme résolue.

— Pas tout à fait, reprit Anne en rougissant, car le ton brusque et dégagé de M. Heath lui déplaisait souverainement. Mlle Middleham désire que je reste avec elle.

— Oh! oui, Anne; je ne pourrais pas me passer de vous. Rester seule avec Mlle Anna et Mlle Marthe, quel supplice! Oh! restez, Anne, je vous en conjure.

— Si cela dépendait de moi seule, ma chérie, cela ne souffrirait aucune difficulté; mais vous savez que j'ai prévenu papa que les vacances commençaient aujourd'hui; il a sans doute déjà pris ses mesures en conséquence et ne pourrait peut-être pas les modifier. »

Pendant qu'elle parlait, Anne sentait le regard de M. Heath fixé sur elle, et elle était honteuse de dévoiler ainsi devant un étranger le manque d'intimité qui existait entre son père et elle. Ce fut lui qui rompit le silence.

« Je crois que je puis vous venir en aide dans cette circonstance. J'ai l'honneur de parler à Mlle Studley sans doute. Je ne vous ai pas reconnue tout d'abord; mais, à mesure que vous parliez, la mémoire m'est revenue. Vous savez déjà

que j'ai le plaisir de connaître le capitaine Studley,
et je crois pouvoir vous assurer qu'il consentira
volontiers à vous laisser quelques jours de plus
auprès de votre amie. Je le verrai ce soir et vous
enverrai sa réponse demain. Souscrivez-vous à ce
plan?

— Certainement, répondit Anne sans hésiter. Du
moment où vous êtes sûr du consentement de papa,
je puis me permettre de rester. Sans cela, je n'aurais, pour rien au monde, voulu contrarier sa volonté.

— Vous êtes bien la fille du capitaine, s'écria
M. Heath en esquissant un sourire; mais soyez sans
crainte. Je m'engage à voir moi-même votre père
et à lui faire comprendre l'absolue nécessité de vous
laisser auprès de Mlle Middleham tant qu'elle restera ici. Ce ne sera pas long du reste, ajouta-t-il
en baissant la voix, car l'ensevelissement doit avoir
lieu jeudi prochain; ce même jour, on ouvrira le
testament, et on saura les dispositions prises en faveur de Mlle Middleham. Je vous quitte donc en
emportant l'assurance que vous resterez jusque-là
avec votre amie?

— Je ne bougerai pas d'ici, répondit Anne,
jusqu'à ce que je reçoive de nouvelles instructions
de mon père.

— Je pars donc. — Adieu, mademoiselle Middleham! Je vous laisse aux soins de votre amie

Mlle Studley. J'aurai sans doute beaucoup d'affaires
à discuter et à régler avec vous, mais il ne me sera
pas toujours possible de le faire en personne; le
bureau réclamera beaucoup de mon temps, car,
grâce à ce triste événement, il faut redoubler de
vigilance et de zèle. — Adieu, mademoiselle Studley;
votre père vous enverra son approbation aussitôt
que je l'aurai vu. »

Sans même serrer la main aux deux jeunes filles,
il s'inclina froidement devant elles et s'éloigna.

« Quelle forte tête que celle de cette fille de Ned
Studley! murmura-t-il en montant dans le fiacre
qui l'attendait à la porte : décidée, clairvoyante,
énergique comme le vieux lui-même. Il la rappelait
chez lui? Je ne vois pas trop comment cela arrangera les affaires intérieures du ménage de Loddonford! Comment diable a-t-il pu la laisser si longtemps en pension? Elle doit avoir près de dix-neuf
ans et son amie aussi, quoiqu'elles soient bien différentes d'extérieur. Je ne crois pas que ce soit chose
difficile pour Ned de se décharger de sa fille en
faveur de la jeune miss, pour peu qu'il en ait envie.
Cette petite poupée n'a pas l'ombre de volonté ou
d'énergie et se repose tout à fait sur « Anne chérie », et, comme elle aura beaucoup d'argent à sa
disposition, elle fera aussi bien de nous débarrasser
de « Anne chérie », qui serait une fameuse croix
pour nous. Je soufflerai cela au vieux Studley. »

M. Heath croisa ses bras sur sa poitrine et s'enfonça dans une profonde méditation, dont il ne sortait de temps à autre que pour consulter son portefeuille et y inscrire quelques chiffres.

« Impossible de songer à partir demain pour la baie, disait mélancoliquement Mlle Anna à sa sœur, après avoir appris de M. Heath la nécessité de garder Grace et Anne pendant quelques jours encore. Je crains presque que notre voyage ne soit indéfiniment retardé. »

Mlle Marthe, qui était chargée de l'enseignement dans la pension, pendant que sa sœur dirigeait le ménage, et qui n'était soutenue dans son rude labeur que par la perspective des vacances, était vexée, pour ne pas dire davantage, de voir le bienheureux moment reculé, ne fût-ce que de quelques jours.

« Je ne vois vraiment pas pourquoi nous modifierions nos plans, dit-elle d'un ton maussade. Nous avons pris toutes nos dispositions pour partir.

– Oui, en effet, tout est prêt, jusqu'aux adresses clouées sur les caisses, et la voiture est même commandée pour onze heures un quart !

— Dans ce cas, je suis d'avis que nous partions pour Herne Bay sans le moindre délai.

— Et nous laisserions ces deux demoiselles seules à la maison ? s'écria Mlle Anna, stupéfaite d'une pareille proposition.

— Certainement ; leur séjour ne saurait se pro-

longer ; elles auront les domestiques à leur disposition ; que leur manquera-t-il ?

— Tu as peut-être raison, répondit Mlle Anna, qui
n'avait jamais d'opinion personnelle, et, maintenant
que le pauvre M. Middleham est mort, personne ne
nous fera de reproches. Quant au capitaine Studley,
il n'est pas si méticuleux. Pauvre M. Middleham !
quelle affreuse chose ! Je suppose qu'on le verra
sous peu dans la galerie de madame Tussaud avec
sa tabatière à la main et ses lunettes sur le nez. »

Mlle Marthe releva son front plissé :

« Ce sont les effigies des criminels et non celles
de leurs victimes que cette ingénieuse artiste fran-
çaise pétrit dans la cire ; j'ai pensé que ce déplorable événement pourrait bien nous devenir avan-
tageux, poursuivit-elle. Les journaux, qui rendront
compte de cette tragédie, ne manqueront pas, en
parlant de la famille de M. Middleham, de dire que
sa nièce et héritière a été élevée à la villa Chapone,
chez les demoiselles Griggs, pensionnat de premier
ordre, et que M. Middleham avait choisi comme devant perfectionner non-seulement l'instruction, mais
aussi l'éducation de sa nièce. Qui sait quels résultats
une pareille réclame aura pour nous ?

— Je ne suis pas de ton avis, répondit Mlle Anna :
il me semble au contraire que des parents y regar-
deront à deux fois avant de mettre leurs enfants
dans une pension où il y a eu des nièces d'oncles

assassinés, dans la crainte que cela ne soit conta-
gieux. En tout cas, puisque tu as décidé que nous
partirions quand même demain, je n'ai pas de temps
à perdre en bavardages, car je dois donner mes
ordres à Justine pour les repas de ces demoiselles
et tout ce qui concerne leur service. »

Et Mlle Anna sortit en trottinant pour vaquer à
ses occupations de ménage.

Pendant ce temps, les deux amies avaient re-
gagné le jardin et s'étaient assises dans leur bosquet
favori. Grace semblait remise de son émotion et ne
plus avoir besoin de l'appui que lui offrait encore
Anne, en l'entourant de son bras.

« On imaginerait difficilement un événement plus
tragique, ma douce chérie, dit Anne, et je crains
bien que vous ne vous en ressentiez longtemps.

— Sans doute, mon amie ; je me demande ce que
je vais devenir et où je vivrai désormais.

— Pauvre vieillard ! quelle triste fin ! Étranglé
dans son lit et luttant jusqu'à son dernier souffle
pour défendre ses clefs !

— C'est affreux en effet, reprit Grace. Je suppose
qu'il faudra que j'aille chez Mme Sturm ; c'est la
seule personne qui me paraisse possible comme
chaperon. Elle est ma cousine éloignée et demeure
en Allemagne, je crois.

— Savez-vous, poursuivit Anne, sans faire attention à ces interruptions, que, quoique je n'aie jamais

vu votre oncle, je me représente comment la scène s'est passée. Les histoires de meurtre ont toujours exercé une fascination sur moi; j'y ai pensé et repensé jusqu'à ce que j'en vinsse à me figurer que j'avais assisté au drame qui me préoccupait.

— Dieu! quelle horreur! dit Grace. Oui, certainement on m'enverra chez Mme Sturm. Si pourtant mon oncle n'avait pas fait de testament ou ne m'eût rien laissé, que deviendrais-je? Il faudrait me placer comme gouvernante pour gagner ma vie.

— Cette perspective, quand elle se rapporte à moi, n'a rien d'effrayant; je dirais même qu'elle m'est plutôt agréable. Pour vous, Grace, qui avez été élevée avec un autre avenir devant vous, il en serait différemment. Je ne crois pas, néanmoins, que vous ayiez grand'chose à craindre; votre oncle a toujours été trop bon pour vous pour négliger de vous assurer le bien-être et l'indépendance.

— Alors, décidément, j'irai chez Mme Sturm; je ne sais pas exactement où elle demeure; je voudrais que ce fût à Paris, quoique toute résidence doive me paraître charmante après Hampstead et la pension. Je me demande si ma cousine va dans le monde, au bal, etc., ou si elle ne reçoit que quelques vieux bien maussades, pour faire son whist le soir!

— Comme vous n'êtes pas sûre du tout que vous irez vivre chez Mme Sturm, dit Anne, qui ne pou-

vait réprimer un sourire, il me semble un peu pré-
maturé de vous inquiéter du genre de vie que vous
mènerez près d'elle.

— Vous avez toujours raison, Anne; cependant,
comme il faut bien que j'aie un asile, il me semble
que Mme Sturm est ma seule ressource ! Vous viendrez me voir là-bas, n'est-ce pas, chérie ?

— Il faut savoir d'abord où je serai moi-même,
répondit Anne; et, je vous le répète, je ne sais
absolument rien de ce qui m'attend. J'ignore même
encore si papa ne sera pas fâché de me voir prolonger mon séjour ici. »

Le lendemain devait mettre fin à ces incertitudes.
De bonne heure dans l'après-midi, on vint avertir
Mlle Studley « qu'un monsieur de la banque » demandait à lui parler; Anne se rendit au salon avec
Grace; mais, au lieu de M. Heath, qu'elles attendaient, elles trouvèrent un jeune homme blond, avec
des yeux bleus et une masse de cheveux châtains.
Sa toilette était fort soignée et rappelait aussi peu
la toilette ordinaire des employés d'une maison de
banque que celle de M. Heath.

« Mlle Studley? demanda-t-il en regardant alter-
nativement les deux amies.

— C'est moi, monsieur, » dit Anne en le saluant,
quoique Grace, tout à fait remise de son ébranle-
ment de la veille, lui murmurât à l'oreille : « Laissez-
moi parler. »

« Je vous demande pardon de vous déranger ainsi, répondit le jeune homme, et d'être obligé de me présenter moi-même ; je m'appelle Danby, Walter Danby ; voici ma carte ; mon ami Heath m'a prié de venir vous apporter un message de sa part.

— Etes-vous employé à la banque, monsieur ? demanda Anne, qui trouvait que leur visiteur commençait à poser.

— Ou... oui,... » balbutia M. Danby, pris à l'improviste par cette brusque demande.

Il lui semblait que sa carte, sur laquelle étaient gravés ces mots : « Membre du Pelham Club, » aurait dû faire quelque impression sur ces demoiselles. Il reprit son assurance et dit :

« Je suis chargé, mademoiselle Studley, de vous prévenir que M. Heath a vu hier au soir monsieur votre père, ainsi qu'il s'y était engagé, et que vous êtes autorisée à rester ici aussi longtemps que Mlle Middleham y restera elle-même. Quand votre amie partira, le capitaine Studley viendra lui-même ou enverra quelqu'un vous chercher. Voilà, je crois, tout ce que j'avais à vous dire, ajouta M. Danby qui regardait Anne avec une admiration évidente.

— Merci beaucoup, monsieur ! je vous suis très obligée de votre complaisance. J'aurais dû vous présenter à Mlle Middleham ; permettez-moi de réparer cet oubli. N'êtes-vous pas satisfaite des bonnes nouvelles que M. Danby vous apporte, Grace?

— Enchantée, Anne chérie, bien que je craigne que vous ne vous trouviez bien tristement ici. Y a-t-il quelque chose de décidé, monsieur Danby, quant à ma..... à mon.....?

— L'ensevelissement aura lieu jeudi, répondit vivement M. Danby, qui avait compris à demi-mot. Le testament sera ouvert au retour du cimetière; jusque-là, on ne saura rien de positif. Le bruit courait au bureau, ce matin, que la banque continuerait à fonctionner sous la direction de gérants.

— Je ne voulais pas parler des affaires financières, reprit Grace; je désirais savoir si vous avez entendu parler de madame Sturm?

— Madame Sturm! ce nom n'a pas même été prononcé en ma présence.

— Je crains, d'après le silence que vous gardez sur ce point, qu'on ne soit pas encore sur la trace de l'assassin, suggéra Anne.

— Jusqu'à présent, nous n'avons aucun indice; la justice fait des recherches actives, c'est tout ce que nous savons, répondit M. Danby avec l'assurance d'un homme qui aurait passé sa vie dans les bureaux de la police; il ne paraît cependant pas difficile de découvrir les coupables, car ils ont enlevé des bijoux si remarquables, qu'ils trahiront es voleurs dès que ceux-ci voudront s'en défaire. Je les reconnaîtrais sans hésitation si on me les présentait.

— On peut alors compter qu'un jour ou l'autre
la justice mettra la main sur le ou les malfaiteurs,
fit observer Anne.

— Tôt ou tard, il n'y a pas de doute, j'en suis bien
convaincu. Je crains, mesdemoiselles, d'être forcé
de vous quitter; mais je pars avec l'espérance que
M. Heath me chargera bientôt de quelque nouveau
message pour vous, mademoiselle Studley. Avez-
vous quelque commission pour M. Heath, mademoiselle Middleham? Je serais heureux de vous être
utile. »

M. Danby salua et sortit. Lui aussi fit ses réflexions dans le fiacre qui le ramenait à la Cité; il
avait beaucoup d'imagination et peut-être un peu
de fatuité; mais c'était un vrai gentilhomme, droit,
honnête et bien élevé; il dut s'avouer à lui-même
que jamais il n'avait rencontré de jeune fille qui lui
plût autant que Anne Studley.

« Voilà ce que j'appelle un horrible petit homme,
s'écria Grace aussitôt qu'il eut disparu.

— Je ne suis pas de votre avis, Grace, répondit
Anne vivement. J'ai été frappée, au contraire, de
son parfait comme il faut, de sa politesse, et rien
n'était plus aimable que la manière dont il vous a
offert ses services.

— Oh! Anne chérie, comme on vous met aisé-
ment dedans! cria Grace en riant et en battant des
mains; je vous accorde d'emblée que c'était un char-

mant petit homme, avec de superbes cheveux bouclés et de beaux yeux bleus. Il est tout simple que
vous rompiez une lance en sa faveur, car il paraissait fasciné par vos regards. Je n'aurais jamais cru
qu'un homme pût s'éprendre si vite.

— Quelle absurdité, Grace! Tout cela est de votre
invention; je n'ai rien vu, rien aperçu. M. Danby
n'est pas resté cinq minutes, et ce n'est que dans ces
romans que vous aimez tant, que les héros tombent
ainsi amoureux à première vue.

— Un coup de foudre, un amour éternel, une
flamme brûlante, cria Grace en riant plus fort. Nous
pourrons publier un roman intitulé *La fille du capitaine*, qui fera le pendant du chef-d'œuvre de Ten-
nyson : *La fille du jardinier*. Comment s'appelle-t-il
donc? Ah! voici sa carte. Quel joli nom : « Walter
Danby » ! Et il fait partie d'un club ! Il faudra l'y
faire renoncer, Anne, quand vous serez mariée.

— J'y penserai quand le moment sera venu,
chère, » dit Anne, souriant du bout des lèvres.

Ces plaisanteries la fatiguaient; mais elle ramassa
la carte que Grace avait jetée, et, quand elle fut
seule dans sa chambre, elle la serra dans une petite
cassette.

Pendant les trois jours qui suivirent et dont la
monotonie ne fut troublée par aucune visite, les
jeunes filles parlèrent beaucoup de M. Danby. Grace
y trouvait un stimulant pour sa verve railleuse, et

Anne, malgré ses protestations, prenait grand intérêt à ce que son amie disait. Le matin du quatrième
jour ramena M. Danby, et Grace fut obligée de convenir qu'il avait très bonne façon et la physionomie intelligente et animée.

« Aujourd'hui, je suis porteur d'une lettre pour
chacune de vous, mesdemoiselles, dit-il après avoir
échangé les premières salutations. — Celle-ci m'a
été remise pour vous, mademoiselle Middleham, par
le vieux notaire, M. Hillman, qui a passé ses journées
à la banque depuis l'événement. — Votre missive est
moins considérable, Mademoiselle Studley, puisque
ce ne sont que quelques lignes que M. Heath vous
adresse. »

Et il lui tendit une enveloppe ; leurs regards
se croisèrent, le sien plein de passion, celui d'Anne
serein et doux, mais tous deux pleins de signification et de promesses.

« Ne lisez pas avant que je connaisse le contenu de ma lettre, Anne, dit Grace ; cette volumi-
neuse enveloppe ne peut contenir qu'une communication importante, et je sens que tout mon avenir
dépend de ce que je vais apprendre.

— La mienne peut attendre, chérie, répondit
Anne en regardant l'adresse. Elle est de papa, qui
m'envoie sans doute ses instructions pour mon
voyage. Voyons ce qu'on vous dit ; il me tarde de
connaître votre sort. »

Mademoiselle Middleham rompit le cachet de cire rouge portant les initiales H. et H., et, dépliant une grande feuille de papier, lut ce qui suit :

« 69, rue Serle, Lincoln's Inn Fields.

« Chère mademoiselle, nous avons l'honneur de vous annoncer que votre oncle défunt, M. William-Georges Middleham, dans un testament daté du 3 janvier dernier, vous institue, à votre majorité, sa légataire universelle. Le testament dit en outre que si la mort du testateur arrive, ce qui malheureusement a été le cas, pendant votre minorité, vous devez demeurer jusqu'à vingt et un ans auprès de votre parente Mme Sturm, à laquelle on payera une large pension, comme dédommagement, et qu'elle fixera elle-même d'accord avec M. Hillman, l'exécuteur testamentaire. Par suite de ces instructions, nous nous sommes mis en rapport avec Mme Sturm, qui demeure actuellement à Bonn, 110, avenue des Peupliers, et, si elle accepte nos propositions, M. Hillman se rendra chez vous lundi prochain, dans le but de vous accompagner lui-même à Bonn.

« Vos très-obéissants serviteurs.

« HILLMAN ET HICKS. »

« En tout cas, vous voilà rassurée sur la question pécuniaire, dit Anne; j'étais bien sûre que M. Middleham ne vous laisserait pas dans le dénuement.

— Oui, il a été parfait, comme toujours, répondit Grace ; vous voyez que j'avais deviné qu'on m'enverrait chez Mme Sturm, quoique je sois fort désappointée qu'elle n'habite pas Paris, comme je l'espérais. Quel ennui!... Je ne doute pas qu'elle n'accepte ma pauvre personne ; je suis même sûre qu'elle sera enchantée de toucher la « large pension » que ces estimables vieux notaires vont lui proposer. Voyons maintenant ce que votre père vous dit, Anne.

— Je vous en parlerai plus tard, chérie ; cela n'a pas grande importance. »

Et, de fait, la lettre ne contenait que les quelques lignes suivantes, qu'Anne avait mises dans sa poche après les avoir parcourues :

« Chère Anne, il paraît que votre amie quitte Hampstead lundi vers midi ; soyez donc à la gare de Paddington quelques minutes avant cinq heures ce jour-là ; je m'y trouverai. A vous bien affectueusement !

« T. S. »

« P. S. — Ne prenez aucun engagement pour correspondre avec Mlle Middleham ou pour aller la rejoindre. Je désire que vous l'oubliiez le plus tôt possible, ainsi que tout ce qui se rapporte à vos années de pension. Il faut commencer une nouvelle existence. J'insiste particulièrement sur ce point et entends que vous vous y conformiez. »

« M. Heath m'a dit de vous demander une réponse pour M. Hillman, mademoiselle Middleham, dit M. Danby ; mais j'attendrai autant qu'il vous plaira.

— Je vais la faire tout de suite. Voulez-vous venir m'aider, Anne? Oh ! non ! au fait, je n'ai pas besoin de votre secours ; je m'en tirerai bien toute seule. Je n'ai qu'à dire que je serai prête lundi pour profiter de l'escorte de M. ... comment s'appelle-t-il? Vous pourriez conduire M. Danby au jardin, pendant que j'écrirai, Anne. Il fait si horriblement chaud dans ce salon ! »

Grace sourit en voyant comment ce stratagème — le premier qu'elle eût jamais inventé — était joyeusement adopté, et prit une plume.

Elle avait fini et cacheté son billet depuis longtemps, parcouru les poésies de Longfellow, tourné et retourné un sablier, avant qu'Anne et M. Danby eussent reparu. Le jeune homme fit ses adieux, accompagné, à la suggestion de Grace, par Anne, qui le suivit jusqu'à la porte.

« Je suis au moins aussi habile dans mes manœuvres qu'une douairière en quête d'un épouseur pour sa fille, s'écria Grace lorsqu'Anne revint. Il me semble que je vous ai ménagé là deux charmants petits tête-à-tête, et j'espère, du moins, que vous les aurez bien mis à profit.

— Quelle ridicule petite bécasse vous faites, Grace! répondit Anne toute rougissante : je ne comprends pas ce que vous voulez dire.

— Je sais que je ne suis pas un phénix, mais j'ai des yeux qui voient. Je trouve tout naturel que ce petit homme soit éperdument épris de vous ; mais que vous, ma sage Minerve, vous répondiez si vite à sa flamme! Oh! il est inutile de remuer ainsi la tête, comme un mandarin chinois ; je vous ai observée quand il est entré et tout le temps qu'il vous a parlé, et je suis sûre de ce que j'avance. C'est un joli garçon, chérie; il a l'air bon et franc, et je ne sais vraiment pas pourquoi....

— Voulez-vous être sérieuse pendant quelques minutes et écouter ce que j'ai à vous dire? interrompit Anne. Ce billet que j'ai reçu était de papa ; je ne pouvais pas vous en parler devant M. Danby, mais il me défend à l'avenir de vous revoir ou d'entretenir aucune relation avec vous.

— Ne plus nous voir! ne plus nous écrire! et pourquoi, je vous en prie? quelles raisons vous donne-t-il?

— Je vous ai déjà dit que jamais il ne consent à donner les raisons de sa manière d'agir; il donne des ordres, et je suis tenue d'obéir!

— Vous, peut-être ; mais moi, rien ne me force de me soumettre aux caprices du capitaine Studley, et, qui plus est, je déclare que je ne m'y soumettrai pas. Il n'a pas la prétention, je suppose, de m'empêcher de vous écrire, si bon me semble ?

— Mais lorsque vous ne recevrez pas de réponse, ma chérie, vous vous lasserez bientôt d'écrire. Je crois qu'il vaux mieux tout de suite renoncer à nos jolis plans d'avenir en commun.

— Je n'y renoncerai pas du tout, repartit Grace avec impétuosité ; vous ne serez pas sous le joug paternel toute votre vie, j'aime à le croire, et je ne sais pourquoi j'ai un pressentiment qu'avant peu vous ne serez plus auprès de lui. Mais, quoi qu'il en soit, comme je ne voudrais vous occasionner aucun désagrément en vous induisant à lui désobéir, il faut nous assurer un moyen certain de communication, en cas d'urgence.

— Ce ne sera pas difficile, chère Grace ; nous n'avons qu'à convenir d'un mot qui nous servira de signe d'alarme, et qu'au moment voulu nous ferons insérer dans le *Times*.

— Je comprends ce que vous voulez dire. Ellen Webster appelait cette colonne du journal : la colonne de l'angoisse. Son frère s'était une fois enfui de sa pension, parce qu'il ne voulait pas manger de gras-double, et on ne l'a fait revenir qu'en faisant mettre dans le *Times* que, s'il reparaissait, on lui donnerait de l'argent de poche et qu'il ne mangerait que ce qu'il voudrait.

— Il faut convenir d'un mot, reprit Anne, quelque chose de frappant. Lequel sera-ce ?

— Il me semble que « spero » serait charmant, et, comme le mot est latin, personne ne songera à nous soupçonner.

— Sa signification seule le rend inacceptable pour moi, répondit Anne en frissonnant. Je préférerais *Tocsin*, c'est un terme peu usité et qui rend à merveille ce que nous voulons exprimer : un appel dans un cas douloureux.

— Vous avez raison, comme toujours, chère Anne ; je vais l'inscrire sur mon agenda ; il y a longtemps que je le possède, et jamais je n'y ai écrit autre chose que la date de ma naissance, dont je me serais souvenue sans cela, je suppose. Au moins, mon carnet servira à quelque chose. »

Le moment des adieux était arrivé ; Grace, tout à fait abattue, pleurait à chaudes larmes, et même l'impassible Anne laissait voir son émotion.

« Si jamais vous êtes dans la détresse, promettez-moi de m'avertir, Anne ! sanglotait Grace.

— Je vous le promets, chérie ; que Dieu vous bénisse et vous garde ! Souvenez-vous de *Tocsin*. »

Quelle importante affaire amenait M. Danby à la gare de Paddington ? Anne le vit aussitôt qu'elle des-

cendit de voiture, en apparence indifférent et oisif. Il saisit son regard fixé sur lui, salua et allait
s'approcher ; au même instant, une main se posa
sur l'épaule d'Anne, et elle se trouva en présence
de son père.

CHAPITRE IV

LES ARAIGNÉES PRENNENT LA MOUCHE

Le capitaine Studley sourit à sa fille et lui donna une cordiale poignée de main. Il ne lui accorda pas un seul baiser, parce qu'il avait, disait-il, horreur des exhibitions en public, et il se flattait qu'on ne le croirait pas assez âgé pour deviner la parenté qui l'unissait à Anne. Il avait l'air, en effet, d'un homme jeune encore, malgré sa moustache et ses cheveux grisonnants ; ses vêtements, qui sortaient de chez un tailleur à la mode, faisaient ressortir sa taille élancée et parfaitement droite ; on lui avait si souvent répété qu'il avait une tournure royale, qu'il avait fini par le croire. Quand il était en société, il se montrait aussi aimable et causeur qu'il était taciturne au logis. Anne ne put savoir si son père avait vu le salut qu'elle avait échangé avec M. Danby ; il ne lui en dit rien sur le moment, mais cela ne la rassurait qu'à demi.

« Vous avez décidément beaucoup gagné, Anne, dit le capitaine en l'examinant avec des yeux de connaisseur quand ils furent installés seuls dans un compartiment de première classe. Vous avez pris un air posé qui vous sied à ravir. La dernière fois que je vous ai vue, vous aviez un air dégingandé qui me vexait beaucoup, mais qui est, je le suppose, l'apanage inévitable des pensionnaires. Je pense que vous êtes contente d'avoir quitté la villa Chapone ?

— Je n'en sais encore rien ; je n'ai pas encore pu me rendre compte du changement qui va se faire dans ma vie.

— Il est probable que vous regretterez un peu vos compagnes, de prime abord, surtout Mlle Middleham.

— Oui, répondit Anne. Ne trouvez-vous pas la mort de son oncle épouvantable ?

— Epouvantable ! répéta le capitaine, regardant fixement sa fille. Oh ! oui ! sans doute, c'est un terrible événement. Peut-être pas si terrible pour elle, puisqu'elle ne pouvait pas aimer beaucoup cet oncle qu'elle connaissait à peine et qui lui a laissé, dit-on, toute sa fortune. Cela me rappelle que je vous ai écrit que vous ne deviez plus conserver aucun rapport avec Mlle Middleham. Avez-vous trouvé cet ordre bien bizarre?

— J'ai pensé que vous aviez sans doute quelque raison particulière pour agir ainsi ; mais je n'ai pas cherché à la deviner.

— Et vous avez bien fait. Toutes les raisons ne sont pas bonnes à donner, comme disait ce professeur qui est venu nous faire une conférence l'hiver dernier à Loddonford.

— Loddonford! Est-ce là que nous demeurerons? Est-ce là que vous êtes fixé? s'écria Anne, se rappelant ce que Grace lui avait dit.

— Je n'ai jamais de résidence fixe, répondit le capitaine. Dans ce moment, j'habite un petit cottage à Loddonford, et nous nous y rendons actuellement, mais je ne suppose pas que vous y fassiez un long séjour ; et ceci me ramène au sujet que nous traitions tout à l'heure. Mlle Middleham est une héritière et, par conséquent, une amie que vous ne pouvez continuer à voir, vous qui devrez gagner votre pain. Elle vous remplirait la tête de ses futilités, vous rendrait jalouse de sa position et mécontente de la vôtre ; cela ne doit pas être, et, si elle était venue ici au lieu de partir pour l'Allemagne, je ne vous aurais pas amenée avec moi ; mais je vous aurais tout de suite cherché une place.

— Vous comptez faire de moi une institutrice? demanda Anne.

— Sans aucun doute ; vous ne supposez pas que je vous aie donné une éducation aussi complète pour faire de vous une ingénue de comédie ? Une jeune fille ne peut pas gagner d'argent d'une autre manière, que je sache. Vous serez donc gouver-vernante, dame de compagnie, quelque chose dans ce genre-là ; vous savez ce que je veux dire. »

Oui, Anne le savait parfaitement, et elle voyait se dérouler devant elle l'avenir qu'elle avait prévu ; elle ne s'était pas flattée qu'il serait facile ou agréable : elle ne fut donc pas désappointée, bien qu'elle eût espéré quelques semaines ou quelques mois de répit. Après tout, il valait mieux qu'il en fût ainsi.

« A propos, reprit soudain le capitaine Studley, comment connaissez-vous le jeune Danby ? Je l'ai vu vous saluer tout à l'heure, je crois ?

— Vous ne vous êtes pas trompé ; il est employé à la banque de M. Middleham.

— Merci du renseignement, mais j'en savais déjà tout autant ; ce que je vous demande, c'est où et comment vous avez fait sa connaissance ?

— M. Danby est venu plusieurs fois à Hampstead apporter à Grace des lettres de M. Heath ou du notaire, et Grace me l'a présenté.

— Bien ; c'est un gentil garçon, bien qu'un peu infatué de sa personne, et très-intelligent. Mais, comme il vient me voir de temps en temps à Lod-donford, je le corrigerai bientôt de ses faiblesses. »

M. Danby, un habitué de Loddonford ! Anne
n'en croyait pas ses oreilles. Pourquoi ne lui avait-
il pas parlé de son intimité avec son père? Il devait
pourtant savoir qui elle était. Pendant qu'elle réfléchissait à ce qu'elle venait d'entendre, le train ra-
lentit sa marche, et son père lui conseilla de rassembler ses « bibelots », parce qu'ils approchaient
de leur destination.

« La malle de mademoiselle est dans le fourgon
de devant, Marc, dit le capitaine à un homme
d'équipe qui vint leur ouvrir la portière; veuillez
l'apporter jusqu'au cabriolet de Banks. Suivez-moi,
Anne. Bonjour, Banks! on va vous donner la malle
de ma fille, et vous nous conduirez à la maison,
s'il vous plaît. Je tiens à être poli avec tout le
monde ici, continua le capitaine quand il fut installé dans la voiture; cela me rend populaire; je
me suis beaucoup occupé des conférences qu'on
avait organisées l'hiver dernier, et, pour peu que
je me misse sur les rangs, on me nommerait bientôt
bedeau.

— Demeurez-vous dans cette maison de campagne depuis longtemps, mon père? demanda Anne,
oubliant pour une fois ses habitudes de mutisme.

— Ce n'est pas une maison, mais un modeste
cottage ; je l'ai loué il y a deux ans environ, quoique je ne l'aie pas habité constamment depuis. Ce
village a ses avantages ; il est trop loin de Londres

pour que nous soyions assaillis de visites le dimanche, et les habitants y sont simples et primitifs. On
y fait peu de cancans. A l'exception du château de
M. Middleham, que vous pouvez apercevoir d'ici, il
n'y a aucune demeure aristocratique. »

Il y avait un quart d'heure que le cabriolet roulait; mais Anne ne parlait plus : elle examinait le
pays. Le chemin, de la station au village, serpentait
au milieu de prés et de champs de blé ; on aperce-
vait de loin en loin la Tamise qui glissait sous les
arbres, et la position du village aurait pu difficilement être plus pittoresque. A peine une centaine
d'habitations, quelques chaumières ensevelies sous
le lierre, quelques fermes, quelques maisons de
pêcheurs, une vieille église avec son clocher carré
placée au milieu du cimetière, le presbytère assiégé
pour le moment par une société de dames qui revenaient d'une expédition sur la rivière ; et aussi
une maison en briques rouges sur la façade de laquelle s'étalait le nom du docteur de l'endroit :
voilà Loddonford. Quelques passants tournèrent
la tête en entendant rouler la voiture, quelques
chiens aboyèrent, et nos voyageurs continuèrent
leur route jusqu'à une petite porte presque entièrement cachée sous des plantes grimpantes.

« Nous sommes arrivés, dit le capitaine en mettant son passe-partout dans la serrure ; entrez,
Anne ; le cocher apportera vos effets. Que consi-

dérez-vous ainsi ? ajouta-t-il sèchement. Vous trouvez sans doute que le jardin pourrait être un peu mieux entretenu ? »

Ce qu'elle regardait ? Mais elle se croyait au milieu de l'abomination de la désolation. Aussi loin que sa vue pouvait s'étendre, elle ne voyait que des herbes touffues, des plantes entrelacées, des chemins impraticables, une vraie jungle, en un mot. Au fond, un cottage carré, bas, sombre, délabré, dont l'humidité avait enlevé la peinture et détaché le plâtre ; l'air était froid, visqueux ; des exhalaisons fétides s'élevaient d'une mare qui occupait le centre de ce soi-disant jardin et qu'on pouvait franchir sur un pont jadis rustique, maintenant en ruines. En traversant un des sentiers, Anne sentit une toile d'araignée lui envelopper le visage, et deux ou trois gros crapauds lui sautèrent dans les jambes.

« Je vais vous montrer l'intérieur de la maison, dit le capitaine, qui la suivait de près ; cela ressemble un peu à la cabane de Robinson ; mais vous pourrez y mettre un peu d'ordre pendant que vous serez ici. »

Quelques marches en pierre, avec une balustrade sculptée, ornée de deux urnes funéraires de chaque côté, conduisaient au vestibule, dont les murs suintaient l'humidité ; la porte était gonflée et résista longtemps aux efforts du capitaine ; quand il eut enfin réussi à l'ouvrir, il introduisit de suite Anne dans une chambre à gauche. C'était une pièce basse, carrée, entourée de rayons sur lesquels s'étalaient quelques tasses. Une fenêtre à quelques pieds du sol ouvrait sur le jardin, et, vis-à-vis de la porte par laquelle ils étaient entrés, il y en avait une autre à moitié vitrée ; mais devant les vitres il y avait un vieux rideau rouge tout déguenillé.

« Je crois que mes prédécesseurs devaient employer ce cabinet comme chambre de provisions, dit le capitaine ; cette porte-là conduit à la salle à manger, ce qui était assez commode pour prendre les cornichons ou les pickles. Vous pourrez regarnir ces étagères et surveiller le ménage ; la domestique que j'ai dans ce moment n'est bonne à rien. Elle n'a pas plus de tête qu'une linotte.

— Je ne m'entends pas beaucoup au ménage, répondit Anne en essayant de cacher son désappointement sous un sourire ; mais j'espère me former peu à peu. Je ne croyais pas que vous eussiez une installation en permanence, papa ; mais, puisqu'il en est ainsi, vous pourriez bien vous servir de moi comme femme de charge. »

Quand Grace sera majeure, elle viendra s'établir à Loddonford, pensa Anne, et alors j'aurai quelque chance de la revoir.

« Pardon, interrompit le capitaine, je ne crois pas que cela soit faisable. Je suis souvent appelé à faire des absences plus ou moins longues, et il faudrait modifier de fond en comble mon ménage de garçon, pour une demoiselle en permanence. Non, il vaut mieux prendre votre parti d'être institutrice. »

En disant ces mots, il entra dans la salle à manger, tout imprégnée d'odeur de tabac, dont le parfum âcre s'était attaché aux vieilles draperies ; il y avait un tapis de Turquie tout usé, qui dissimulait mal les briques du parquet et dont les déchirures béantes n'étaient pas sans danger pour ceux qui traversaient la pièce ; quelques chaises recouvertes de crin noir complétaient l'ameublement. La chambre située au-dessus de la salle à manger devait être celle d'Anne ; l'ameublement en était usé, fané, délabré ; aussi, lorsque son père l'eut enfin laissée seule, elle se jeta sur un fauteuil, et, cachant son visage dans ses mains, elle fondit en larmes.

A quoi cela lui servait-il de se désoler ainsi ? A rien sans doute ; mais, quoique très énergique de nature, elle n'était qu'une femme, après tout, et n'avait pas encore eu à lutter contre les difficultés de la vie. Elle était ébranlée par ses adieux à Grace, fatiguée du voyage, et stupéfaite de la demeure misérable dans laquelle elle se trouvait. Jusqu'alors, elle avait toujours été avec son père dans des hôtels élégants, bien tenus. Quand il lui avait parlé d'un

cottage, elle s'était figuré une petite habitation
rustique, dont le toit de chaume servait d'asile aux
hirondelles et dont les murs tapissés de plantes
grimpantes laissaient à peine entrevoir quelques
fenêtres ou un porche artistement décoré ; la dé-
ception était cruelle. Les manières mêmes de son
père lui semblaient changées ; autrefois, il était
froid, mais poli ; maintenant, il y avait dans ses paroles un manque de cœur, une hâte de se débarrasser d'elle, qu'Anne ne pouvait se dissimuler.
Cela suffisait pour lui démontrer la nécessité de
chercher au plus vite une position, et lorsqu'elle
jeta un coup d'œil par la fenêtre sur ce jardin en
désordre, qui ressemblait à un désert inculte, elle
se sentit reconnaissante de ce que son père refusait
de la garder.

Le lendemain de son arrivée, Anne était seule
dans la sombre salle à manger, qu'elle avait pourtant un peu égayée par quelques bouquets, quand
on sonna à la porte, et elle aperçut deux messieurs
qui descendaient de voiture. Elle reconnut immédiatement M. Heath et M. Danby, et, lorsque ses
yeux s'arrêtèrent sur ce dernier, elle sentit, pour
la première fois depuis qu'elle avait quitté Hampstead, que quelqu'un du moins s'intéressait à elle.
Walter Danby ne lui avait jamais parlé de ses
sentiments, et cependant elle les connaissait aussi
bien que s'il lui avait fait une déclaration, car en la

voyant le jeune homme rougit et ses yeux brillèrent de plaisir. L'instant d'après, il était auprès d'elle.

« Vous ne pensiez pas que nous dussions nous retrouver si vite, mademoiselle Studley? dit-il d'une voix joyeuse et avec un sourire radieux; moi-même, j'osais à peine l'espérer.

— Vous deviez cependant savoir à quoi vous en tenir bien mieux que moi, répondit Anne un peu piquée. Pourquoi ne m'avoir pas dit que vous connaissiez mon père? Pourquoi m'avoir caché que vous veniez souvent le voir?

— Je ne vous ai pas informée de ma liaison avec le capitaine, reprit M. Danby embarrassé, parce que j'avais cru qu'il vous en aurait parlé si cela lui avait semblé convenable. De plus, j'ignorais que vous dussiez venir ici et que j'aurais ainsi le plaisir de vous revoir.

— J'ai rarement été aussi étonnée que lorsque je vous ai reconnu dans le jardin. C'est M. Heath qui était avec vous, n'est-ce pas?

— Oui; il est monté dans ce que nous appelons la tanière du capitaine; ils ont à parler d'affaires et n'avaient pas besoin de moi, m'ont-ils dit. Vous pouvez croire que je ne suis pas fâché de cette circonstance, qui me permet de causer quelques instants avec vous. Vous avez donc été bien surprise de me voir? Ne saviez-vous pas que j'étais un ami de votre père?

— Il me l'avait dit ; il vous avait entrevu l'autre jour à la gare ; mais jamais je ne m'étais imaginée que vous viendriez pendant mon séjour ici.

— Puis-je vous demander ce que le capitaine vous a dit de moi ? demanda Danby, dont la voix trahissait une certaine anxiété. Rien de mauvais, j'espère, quoiqu'il ne m'ait pas connu jusqu'ici sous le jour le plus favorable. Quand j'ai fait sa connaissance, je ne savais pas que je vous rencontrerais un jour sur ma route ; sans quoi nos rapports auraient peut-être été différents.

— Rassurez-vous, il ne m'a pas dit de mal de vous ; il a seulement fait allusion à notre rencontre à la gare de Paddington. »

Anne préférait ne pas s'appesantir sur ce sujet ; aussi, pour détourner la conversation, elle reprit :

« Vous ne pourrez nous faire qu'une bien courte visite, je le crains ; le dernier train pour Londres part de bonne heure, je crois ?

— Nous ne rentrons pas en ville ce soir, répondit Danby ; nous avons arrêté des chambres à l'hôtel ; nous faisons toujours ainsi quand nous venons ici, parce que nous avons, du moins Heath et le capitaine ont toujours des affaires importantes à traiter, qui les absorbent fort tard.

— Cela doit être bien ennuyeux pour vous d'être là oisif, pendant que ces messieurs sont plongés dans leurs affaires.

— Oh! non, je ne m'ennuie jamais : je les aide parfois ; je prends ma part... de ce qu'ils ont à faire, cela fait vite passer le temps.

— Je comprends, » dit Anne, qui se demandait quel plaisir M. Danby pouvait trouver à assister à des conférences d'affaires qui ne le concernaient pas.

A ce moment, le capitaine entra dans la chambre.

« Bonsoir, Danby, dit-il en lui serrant la main. Vous connaissez déjà ma fille, paraît-il, quoique vous ne vous attendissiez pas, sans doute, à la trouver ici. Elle n'y fera qu'un court séjour, car cette maison n'est guère convenable pour une jeune personne. — Anne, dites à la domestique de porter de la lumière dans mon cabinet, — ma tanière, comme nous disons. M. Heath y est et a des comptes importants à terminer. Vous pourrez en-suite vous retirer dans votre chambre. M. Danby et moi avons une affaire importante à traiter, et nous nous installerons ici.

— Il suffit, mon père. Vous reverrai-je ce soir?

— Je ne le crois pas. Il sera sans doute tard quand nous aurons fini, et vous ferez bien de vous coucher. Vous ferez mieux de dire tout de suite bonsoir à M. Danby.

— Bonne nuit et adieu, mademoiselle! dit Danby en lui serrant la main, car nous partirons sans doute demain matin, longtemps avant que vous soyiez visible.

— Oh! oui, repartit le capitaine, longtemps avant.
Bonsoir, Anne. N'oubliez pas de faire porter les
deux bougies à M. Heath. »

Dès que la jeune fille les eut quittés, son père
ferma soigneusement la porte.

« Maintenant à nous deux, mon jeune ami. Pré-
parez-vous un grog à votre goût, et commençons
notre tournoi. Les femmes sont charmantes, mais
bien souvent de fameux embarras! Il faut que ma
fille parte aussitôt que j'aurai pu lui découvrir une
place convenable. Mais cela n'a aucun intérêt pour
vous. Aidez-moi à rouler cette table sous la lampe.
Là, bien. Prenez des cartes dans ce tiroir derrière
vous. Voici la clef; je le ferme depuis que ma fille
est dans la maison, parce que toutes les femmes sont
curieuses, et elle mettrait son nez où elle n'a que
faire Il faut mieux lui épargner cette sensation.

— Craignez-vous le feu, capitaine? demanda
Danby. Je vois qu'il est tout préparé, et je suis tout
frissonnant.

— Faites comme chez vous, repartit M. Studley;
les allumettes sont sur la cheminée. Vous sentez
sans doute l'humidité qui se dégage de cette sa-
tanée marc. Si je devais prolonger mon séjour ici,
je la ferais dessécher; mais, comme je suis un
oiseau de passage, il ne vaut pas la peine de faire
une dépense dont je ne profiterais pas. Parlons
d'argent, où en sommes-nous?

— Je vous dois malheureusement déjà mille francs, dit Danby ; j'ai eu une mauvaise chance incroyable la dernière fois que je suis venu.

— Vous avez bonne mémoire, en effet, reprit le capitaine, qui venait de consulter son agenda. La chance peut changer ce soir, car il est bien rare qu'elle me favorise deux fois de suite. Jouerons-nous quitte ou double ? »

Danby hésita un moment. S'il perdait, la somme serait très-considérable pour sa bourse, mais il n'osait pas en convenir, et il avait un vague soupçon qu'il se concilierait les bonnes grâces du père d'Anne, s'il consentait à sa proposition. D'accord sur les conditions de la lutte, les deux antagonistes commencèrent leur partie d'écarté.

Le tableau aurait offert un grand intérêt à un physionomiste. Les rayons de la lampe tombaient sur les deux joueurs : sur les cheveux bouclés du jeune homme, qui mêlait fiévreusement ses cartes, sur la tête du vieillard, qui calculait d'avance tous ses coups et avait la certitude de sa supériorité. Un verre d'eau et de rhum était à côté de Danby, qui s'humectait fréquemment le gosier entre les coups, tandis que son adversaire ne buvait qu'à de longs intervalles. Ils continuèrent ainsi à jouer jusque très-avant dans la nuit, échangeant à peine quelques paroles, et seulement ce qui était indispensable au jeu. Danby perdait sans relâche, et jamais la fortune ne l'avait aussi complètement abandonné.

Il avait peu d'habileté, encore moins d'expérience, et, quand il vit qu'il perdait, la tête lui tourna. Pendant ce temps, le capitaine, aussi calme et aussi impassible que lorsqu'il avait commencé, inscrivait quelques chiffres sur son portefeuille et ne faisait d'objection que du bout des lèvres, quand son compagnon demandait à augmenter l'enjeu. Il avait soin de remplir sans cesse le verre de Danby, qui s'échauffait de plus en plus, et c'est au milieu d'une partie que la pendule sonna deux heures.

« Comment! s'écria Studley, il est déjà si tard! Je ne m'en serais pas douté; assez joué pour un jour, Danby! Vous avez assez perdu, ce me semble; vous ne pourriez bientôt plus faire honneur à vos affaires. Savez-vous ce que vous me devez, maintenant?

— Pas exactement; mais la somme doit être considérable; je n'ai pas tenu compte de tous les coups.

— Voici l'addition, répondit le capitaine en lui passant une feuille de papier. C'est trois mille huit cent cinquante francs.

— Grand Dieu! est-ce bien possible? s'écria Danby, bouleversé. Non, c'est impossible; du moins, je peux dire que je n'avais aucune idée que la somme fût aussi forte!

— Voici le relevé de chaque partie; voyez par

vous-même; je ne croyais pas non plus que vous
eussiez été aussi malheureux.

— Voulez-vous m'accorder ma revanche? murmura le jeune homme, anéanti par cette révélation.

— Je vous la donnerai quand vous voudrez, mon
cher garçon, mais pas aujourd'hui, et même pas
jusqu'à ce que vous m'ayez payé cette petite dette.
Vous me deviez déjà mille francs quand nous avons
commencé ce soir, ce qui est contre les règles,
puisqu'on doit toujours payer comptant quand on
joue à l'écarté.

— Je vous payerai, soyez-en sûr. Je n'ai aucune
intention de nier ma dette; n'ayez aucune crainte,
dit le jeune homme, dont le visage respirait le regret et la douleur et qui cherchait en vain à rassembler ses idées.

— Je le sais bien, mon cher Danby; je n'ai pas
pensé un instant que vous agiriez autrement; mais
quand m'apporterez-vous cette somme? Je suis très
à court d'argent dans ce moment, ayant eu à payer
la pension de ma fille et quelques dépenses impré-
vues; aussi suis-je vraiment gêné pour le quart
d'heure.

— Je... je ne puis pas tout de suite; il me faut un
jour ou deux pour vendre quelques valeurs que
j'avais mises de côté dans un tout autre but.

— C'est naturel; vous ne pouviez pas prévoir que
la mauvaise chance vous poursuivrait ainsi. Je puis

attendre vingt-quatre ou quarante-huit heures, mais pas plus longtemps.

— Fixez-moi un jour. Dimanche prochain vous conviendrait-il ? C'est le seul jour où je sois libre, et je tiens à vous apporter moi-même l'argent, dit Danby, qui se flattait que, une fois sa dette payée, il pourrait peut-être apercevoir Anne.

— Très bien ; dimanche me conviendra à merveille ; à trois heures, si vous voulez, je vous attendrai ; vous aimez mieux l'après-midi, je suppose, parce que, comme tous les employés qui sont forcés d'être de bonne heure à leur bureau dans la semaine, vous devez faire la grasse matinée le dimanche matin. Si cela vous convient, vous dînerez avec nous, et, si le cœur vous en dit, je vous donnerai votre revanche le soir, et vous pourrez me regagner tout ce que vous avez perdu. Si nous allions nous coucher, qu'en dites-vous ?

— Que je suis horriblement fatigué et que je gagnerai mon lit avec plaisir. Dois-je avertir Heath ?

— Non, ne le dérangeons pas. Il avait des comptes très compliqués à débrouiller et m'a averti qu'il veillerait à peu près jusqu'au matin. Vous pouvez dire à l'hôtel qu'on ne l'attende pas ; il me paraît probable qu'il dormira quelques heures sur le canapé de mon cabinet. Adieu ! bonsoir ! dormez bien. »

Le bruit de la porte extérieure qu'on ouvrait

éveilla complètement Anne. Jusque-là, elle avait été plongée dans un demi-sommeil, malgré lequel elle réfléchissait encore aux principaux événements de sa vie ; elle était bercée par un son étouffé de voix qui venaient d'en bas, mais elle ne distinguait pas les paroles. Enfin des bruits de pas dans le vestibule, des craquements de boiserie, les verrous qu'on poussait, tout cela lui indiqua que les hôtes de son père devaient être partis. Elle saisit même un gémissement prolongé et ces mots : « Oh ! mon Dieu ! mon Dieu ! ayez pitié de moi ! » C'était, lui semblait-il, la voix de Danby ; mais les pas s'éloignèrent dans la rue, et tout rentra dans le silence.

Pendant ce temps, le capitaine rentra dans la salle à manger, éteignit la lampe, avala un verre de rhum et monta dans sa « tanière », où Heath examinait des liasses de papier entassées sur une table devant lui.

« Encore au travail ? s'écria le capitaine, mis de bonne humeur par ses gains de la soirée ; quand aurez-vous donc fini ? Où en sommes-nous ?

— J'ai terminé, répondit Heath en repoussant ses paperasses, et notre position est meilleure que je ne le croyais. Si Van Stuyvesant veut donner le prix, et j'ai calculé au plus bas prix, nous gagnerons quelques bons milliers de francs en plus de nos espérances. Où est Danby ?

— Au *Lion d'or ;* je lui ai dit qu'il valait mieux

ne pas vous déranger. Il était fort déconfit et n'aurait pas égayé la société.

— Pourquoi? avez-vous encore joué?

— Oui, nous avons fait quelques parties d'écarté, et j'ai eu une chance inouïe.

— Vous appelez cela de la chance? Je voudrais savoir quel nom Danby donnerait à cela s'il savait tout.

— Il en sait bien assez comme cela, repartit Studley. Je n'ai jamais tourné un roi sans voir le regard de ce garçon fixé sur moi d'une manière inquiète et soupçonneuse. Une ou deux fois, j'ai cru qu'il allait éclater, mais non.

— Il est évidemment sur le qui-vive, dit Heath. Quand je lui ai proposé, il y a quelques jours, de venir aujourd'hui avec moi, il a commencé par refuser, puis il s'est ravisé.

— C'est sans doute parce que, dans l'intervalle, il avait vu Anne; il avait fait sa connaissance à Hampstead et s'était rendu à la gare de Paddington au moment de notre départ. Je l'ai vu moi-même.

— Pauvre fou! repartit Heath en ramassant ses papiers, qu'il enferma dans un tiroir et dont il remit la clef à Studley. Combien lui avez-vous gagné?

— Trois mille huit cent cinquante francs.

— Il faudra qu'il négocie les valeurs que son oncle lui a léguées et qu'il avait mises de côté jusqu'au moment de son mariage. Pauvre diable ! il doit faire une piètre figure.

— Il lui en restera encore une bonne partie, à moins qu'il n'exige sa revanche dimanche, lorsqu'il m'apportera cette somme.

— Vous apporter l'argent ? pourquoi ne l'envoie-t-il pas de préférence ?

— Vous avez oublié que vous avez été jeune, Georges, répondit le capitaine en hochant la tête. Auriez-vous envoyé quelqu'un à votre place, il y a dix ans, quand vous pouviez y aller vous-même et qu'il y avait une jeune fille en cause ?

— J'avais oublié cette circonstance-là ; dimanche, il pourra jouir pleinement de la société de Mlle Studley, quand il aura terminé son affaire avec vous, car je vous préviens que j'aurai besoin de vous une grande partie de ce jour-là.

— Bien ! néanmoins, je ne me soucie pas que ces jeunes gens se voient trop. Si ma fille doit se marier, il faut qu'elle vise plus haut que ça. J'enverrai donc Anne passer l'après-midi chez Mme Wells, qui désire beaucoup faire sa connaissance.

CHAPITRE V

UN RENDEZ-VOUS

Malgré les impressions poignantes de Danby et l'espèce de désespoir qui s'était emparé de lui, il dormit bien cette nuit-là, bercé par des rêves charmants, dans lesquels Anne Studley jouait le rôle de son ange gardien.

Quand il ouvrit les yeux le lendemain, il se souvint de sa folie de la veille, et jamais la vie ne lui avait paru si dure à supporter. Les yeux lui cuisaient ; sa tête lourde lui rendait toute réflexion suivie difficile ; aussi, sautant à bas de son lit, il se vêtit à la hâte et fut se plonger dans la Tamise, qui coulait au bas du jardin ; cette immersion lui rendit de la vigueur et toute sa lucidité d'esprit : il put se rendre un compte exact de sa position et chercher par quels moyens il pourrait bien en sortir.

« Il faut que je commence par payer, rien n'est plus certain, se dit-il, et par payer tout de suite. Le capitaine ne paraissait pas disposé à m'accorder le moindre délai, et je serai exact au jour fixé. Le gain a-t-il été honnête? C'est ce que je me demande. J'aurais pu jurer hier au soir que je l'avais vu brouiller les cartes sous la table, et ce matin, que je suis de sang-froid, je conserve la même impression. S'il n'avait pas été le père d'Anne, je lui sautais à la gorge, et quelle horrible perspective d'avoir une pareille canaille pour beau-père ! Toutefois, pour elle, je courrais cette chance-là et bien d'autres encore. Comme elle est douce! si calme, si soumise, si résignée, ne se plaignant jamais de la manière dont on la traite ; c'est cependant une honte que d'amener cette charmante fille ici et de l'enterrer vivante dans cette solitude sans avoir à qui parler. Trois mille huit cent cinquante francs ! Comment ai-je pu être assez idiot pour jouer une pareille somme? Je n'ai qu'un moyen de me sortir de ce mauvais pas : c'est de vendre les obligations que m'a laissées ma tante Luscombe. Moi qui avais mis ces quinze mille francs de côté pour me marier! Quelle délicieuse fille! comme elle est modeste et simple! Je voudrais savoir si elle a deviné que je l'aime ; oh! oui certainement; les femmes voient cela tout de suite; mais j'aimerais savoir si elle éprouve quelque chose pour moi! Qu'est-ce que le

vieux Studley lui aura dit de moi? Rien de bien flat
teur, sans doute. Quel veinard! tourner toujours
des rois; il devait tricher. Et pourtant je n'en ai
pas la preuve, et, même si je l'avais, devrais-je m'en
prévaloir dans les circonstances actuelles? Le mieux
est de me taire et de ne plus jamais jouer. J'appor-
terai l'argent dimanche, ce qui me permettra peut-
être d'apercevoir Anne; mais quant à dîner, ou
à prendre ma revanche, comme lecapitaine me l'a
suggéré, jamais. Je suis dégoûté de la vie que j'ai
menée jusqu'ici; je ne vois aucun avancement pour
moi en perspective, et je me demande si je ne ferais
pas aussi bien de prendre un parti radical et d'émigrer; je n'hésiterais pas, si Anne Studley consentait
à m'accompagner. Le voudrait-elle? Où serait le
mal de lui poser la question? Elle me paraît taillée
pour faire une bonne femme d'émigrant; elle est
patiente et énergique. Mais je m'oublie, et je vais
manquer le train. »

Il atteignit l'omnibus au moment où il quittait
l'hôtel; devant la maison du capitaine, Heath le
rejoignit; celui-ci n'avait nullement l'air fatigué de
sa longue nuit de travail; il était rasé, pommadé,
tiré à quatre épingles. Une fois installés dans le
train qui les ramenait à Londres, Heath adressa la
parole à son compagnon :

« Vous avez perdu beaucoup d'argent, hier soir,
m'a-t-on dit.

— Oui, répondit Danby en rougissant, parce qu'il tenait beaucoup à la bonne opinion de Heath. Oui, infiniment plus que je n'aurais dû.

— Je ne puis comprendre comment vous vous laissez ainsi entraîner, Walter. Je ne suis pas joueur moi-même, mais je suis sûr que je m'apercevrais bien vite si mon adversaire était plus fort que moi, et, si je persistais, ce serait par amour-propre seulement. Non-seulement le capitaine a plus de sang-froid que nous, mais il a une bien plus grande pratique de la chose, et tout cela le rend redoutable. De plus, si les gérants qui sont maintenant à la tête de notre maison de banque apprenaient que vous jouez, vous pourriez perdre votre place. Croyez-moi donc, payez, et renoncez au jeu pour toujours.

— Savez-vous, Heath, commença Danby, savez-vous que... il allait parler de ses soupçons sur l'honorabilité du capitaine, mais il se ravisa. Je veux dire, le capitaine vous a-t-il dit que je lui ai promis de lui apporter la somme en question dimanche prochain et qu'il m'offre alors ma revanche ?

— Je vous le répète, payez-le et fuyez-le à l'avenir. Du reste, dimanche, Studley n'aura pas le temps de jouer, parce qu'il faut que nous travaillions ensemble. De plus, il parle de quitter l'Angleterre la semaine prochaine.

— Emmène-t-il sa fille ?

— Je n'en sais rien ; je ne le lui ai pas demandé. Ce sujet ne m'intéressait pas. »

Walter Danby eut grand'peine à se mettre au travail ce jour-là ; son bain froid n'avait eu qu'un effet passager, à midi il avait un fort mal de tête et son imagination l'emportait bien loin de ses chiffres et de son grand livre. Le départ du capitaine le contrariait vivement, car il était peu probable qu'Anne restât seule à Loddonford ; on l'enverrait Dieu sait où ; enfin, restât-elle au cottage, Danby ne pouvait pas aller la voir en l'absence de son père. L'idée de renoncer à elle, de ne plus la revoir, au moment où il commençait à espérer se faire aimer d'elle, lui était insupportable. Et pourtant que faire ? Le père hausserait les épaules avec dédain à l'idée d'accorder sa fille à un commis de banque qui gagnait trois mille francs par an ! Il n'avait de chance qu'en émigrant. Une fois le capitaine payé, il lui resterait une petite somme pour les frais de transport et d'installation en Australie, et, si Anne voulait partager son sort, il lui prouverait par son amour et par son dévouement qu'il était digne d'elle.

Quand Walter quittait son bureau, il allait, d'ordinaire, faire un tour à Westend et dîner à son club avant de rentrer chez lui. Ce soir-là, il prit son repas dans un très-modeste petit restaurant de Fleet street et gagna immédiatement son petit logement. Là, au cinquième étage, Walter s'était meublé une grande mansarde qui pouvait lui servir en même temps de chambre à coucher et de salon. Il y avait un secrétaire à côté de la fenêtre, dans une encoignure une bibliothèque bien garnie de livres amusants et instructifs, et, le long des murs, plusieurs jolies gravures rappelaient les tableaux des grands maîtres. La soirée était fraîche, mais il n'y avait pas de feu dans la cheminée, et Walter n'aurait pas osé en faire, dans la crainte de déplaire à sa propriétaire. Il alluma sa lampe, mit sa couverture de voyage sur ses épaules et s'installa devant son buvard. Il n'était pas en verve, car il déchira au moins dix feuilles de papier avant de parvenir à composer la lettre suivante :

« Ne soyez pas offensée de la liberté que je prends de vous écrire, puisque c'est le seul moyen que je puisse employer pour captiver votre attention ; ne m'accusez pas de présomption si je vous écris après une connaissance aussi superficielle. De votre réponse dépend tout mon avenir. Je suppose que vous vous serez aperçue combien je me sentais attiré vers vous, dès notre première entrevue, et que vous me le pardonnerez. Je n'ai pas cherché à déguiser mes sentiments, parce que j'en suis fier ; mais je ne vous en aurais pas encore parlé, sans des circonstances particulières. Je vais quitter ma

position à la banque Middleham pour émigrer en
Australie. On trouvera peut-être étrange que je renonce au certain pour courir après l'incertain, mais
je ne puis rester à Londres.

« Je n'ai rien fait de positivement mal, mais j'ai
été léger et imprudent, et je crois plus sage de
rompre avec le passé. Je vous le dis en toute simplicité, parce que vous avez le droit de le savoir :
j'ai dépensé mon argent d'une manière stupide, et
je craindrais de nouvelles tentations ; j'aurais peut-
être la force d'y résister, mais j'aime mieux m'éloigner du théâtre de mes folies et aller ailleurs commencer une vie nouvelle. Je possède encore assez
pour me permettre d'entreprendre quelque chose
qui pourra plus tard me procurer l'aisance, sinon
la richesse. Si je vous croyais heureuse, je n'aurais
pas la hardiesse de vous offrir de me suivre ; mais,
d'après ce que je sais et ce que j'ai vu, je prends
courage, et je vous demande franchement : Voulez-
vous être ma femme ? Ne m'accusez pas d'égoïsme
si je vous propose de quitter ensemble notre patrie :
je suis désireux de vous rendre heureuse et de porter seul le poids des soucis et des fatigues qui nous
attendent.

« Je ne vous demande pas de réponse immédiate ; réfléchissez, et ne vous étonnez pas si je ne
sais pas vous faire de protestations d'amour et de
dévouement. Je sens plus que je ne puis exprimer,

et, si je vous ai bien jugée, vous ne vous méprendrez pas sur la sincérité de mes intentions. J'espère recevoir une réponse de vos lèvres. J'ai un rendez-vous avec votre père dimanche à Loddonford, à trois heures. Je ne resterai pas longtemps avec lui, parce que je sais qu'il sera très-occupé ce jour-là. Voulez-vous m'accorder cinq minutes d'entretien avant que je voie le capitaine ? Cinq minutes, pendant lesquelles nous déciderons de tout mon avenir !

« WALTER DANBY. »

« Le style n'est pas très coulant, dit Danby en relisant son œuvre et en la mettant sous enveloppe. N'importe ! Elle me comprendra, et je suis sûr qu'elle aimera mieux cela que des déclarations ampoulées. Allons, voici l'adresse mise : « Mademoi-« selle Anne Studley, Loddonford, Berks. » Maintenant, je puis me coucher, car je suis bien fatigué ; je ne croyais pas qu'une composition littéraire de ce genre pût autant éprouver une créature humaine. »

Pendant toute la semaine. Danby attendit avec battement de cœur une réponse à sa lettre ; mais il n'en vint pas ; il osait à peine en espérer une et se persuadait que ce silence était un consentement tacite à l'entrevue qu'il avait sollicitée. Il vendit ses valeurs et mit de côté sa dette de jeu ; il ne fit aucune confidence quant à son projet de quitter le bureau ; il n'en parla pas, même à Heath, qui du

reste était plus réservé que jamais à son égard. Le
bruit courait parmi les employés que Heath allait
être nommé directeur de la banque, avec des appointements fort élevés ; mais lui-même ne confir-
mait ni ne démentait le fait. Il travaillait énor-
mément et de plus secondait la police dans les
recherches qu'elle faisait pour découvrir le meurtrier de M. Middleham ; on venait souvent lui montrer des bijoux, saisis entre des mains suspectes,
pour savoir s'ils faisaient partie des parures sous-
traites du coffre-fort. Danby se figurait que le
caissier avait changé sa manière d'être à son égard
depuis leur dernière course à Loddonford ; mais il
ne put s'en assurer, Heath ne faisant aucune allusion à ce qui s'était passé.

Le capitaine Studley n'avait pas mal deviné,
quand il avait supposé que Danby aimait à faire la
grasse matinée le dimanche. C'était une sensation
trop délicieuse pour s'en priver, que d'entendre la
pendule sonner l'heure du lever quotidien et de se
renfoncer sous ses couvertures. On flânait aussi à sa
toilette ce jour-là, on déjeunait longuement en
compagnie de deux ou trois amis, tout en parcou-
rant son journal. Mais, ce fameux dimanche, Walter
se réveilla de bonne heure, et, préoccupé de tout ce
qu'il avait à faire ce jour-là, il ne put se rendormir
et se mit à calculer comment il pourrait le mieux
toucher le cœur d'Anne.

« Je crois que j'ai bien fait de lui dire dans ma
lettre, pensait-il, que je n'aurais pas voulu l'enlever
à un heureux cercle de famille et lui offrir une si
mince compensation ; Dieu sait que je ne voudrais
la priver d'aucune joie domestique ; mais il me
semble que, lors même que nous aurions des difficultés à surmonter pendant les premières années,
ce ne serait pas plus pénible ni plus triste que de
vivre solitaire dans cette affreuse maison, qui ressemble moins à la demeure d'honnêtes gens qu'à
un repaire de voleurs ou de faux monnayeurs. Elle
n'a personne avec qui échanger ses pensées, et pour
toute perspective une vie de travail et de fatigue
pour enseigner la grammaire ou la musique à un
tas de méchants garnements qui la détesteront, lui
rendront la vie amère, pendant que les parents
l'écraseront de leurs dédains ! Il me semble qu'elle
ne peut invoquer un devoir ni d'obéissance, ni d'affection vis-à-vis de son père. Il faut rendre la justice au capitaine qu'il ne fait pas étalage de son
amour paternel, et Anne doit être sensible à cette
indifférence, bien qu'elle ne veuille pas en convenir.
La séparer de cet homme serait un acte de charité
et une bonne œuvre, quoiqu'elle ne sache pas, et
ne doive jamais savoir, j'espère, à quel point il est
méprisable. Est-ce avec le projet arrêté de me dépouiller qu'il m'a attiré chez lui ? Je ne puis vraiment pas le supposer, d'autant moins qu'alors

Heath aurait été son complice, et c'est Heath qui m'a conjuré de ne plus jouer avec Studley. Je crois bien que, sans cet avis-là, la leçon a été assez forte pour me corriger. Je vais m'acquitter cette après-midi, et bien habile sera celui qui me verra jamais toucher une carte de ma vie ! »

Le temps était splendide par cette belle après-dînée d'automne, l'air pur et doux, l'atmosphère embaumée par les regains, le soleil chaud, les oiseaux joyeux, et Walter Danby, en quittant la gare de Paddington, se réjouissait déjà de la promenade qu'il aurait à faire de la station jusqu'au cottage du capitaine. Il avait vécu à la campagne jusqu'au jour où il était entré dans les bureaux de M. Middleham. A mesure qu'il avançait dans son voyage, la température se modifiait ; le soleil avait disparu, et un brouillard épais assombrissait toute la nature ; néanmoins Danby résolut de faire la course à pied et repoussa toutes les propositions des voituriers qui attendaient la pratique aux abords de la gare. Il se sentait moins gai qu'en quittant Londres, et, comme d'ordinaire l'exercice lui rendait toute son élasticité et son entrain, il voulut en essayer, mais en vain. Il sentait une émotion invincible, comme s'il marchait au-devant de quelque danger ; tout lui semblait sombre et mélancolique ; les grandes haies presque dépouillées de feuilles, les arbres courbés par le vent et trempés par l'humidité, les

buissons auxquels l'araignée hardie avait suspendu
sa toile pour saisir sa proie au passage, les grands
peupliers qui bordaient la rivière et gémissaient à
chaque nouvelle rafale, et jusqu'à la Tamise elle-
même, d'ordinaire limpide et rapide, ce jour-là
boueuse et noire, tout le paysage en un mot semblait enveloppé de tristesse, et Danby avançait péniblement dans sa course. Avait-il eu raison d'écrire
à Anne? Ne trouverait-elle pas sa lettre insolente et
présomptueuse, elle qui le connaissait si peu? Dans
quelques minutes, il saurait à quoi s'en tenir, et
dans tous les cas il pouvait se rendre le témoignage d'avoir agi en honnête homme. Pourquoi
dès lors était-il si anxieux? S'il ne se sentait pas la
force de résister aux instances du capitaine, il pourrait, une fois qu'il aurait vu Anne, lui remettre l'argent pour son père, prétextant une affaire urgente
qui l'empêchait de s'arrêter. Il voulait, en tout cas,
voir Anne d'abord et la consulter sur ce qu'il devait faire, et, si elle exigeait qu'il vît le capitaine, il
obéirait. Une fois arrivé à cette solution, Walter
résolut de ne pas sonner à la porte du jardin, mais
d'entrer par une porte de dégagement qu'il connaissait, et de gagner ainsi la petite chambre de
provisions, dont Anne avait fait un petit boudoir.
Quand il aurait entendu sa sentence, il verrait ce
qu'il ferait.

Comme il l'avait prévu, il trouva la porte de dé-

gagement ouverte ; il n'eut qu'à la pousser pour entrer dans le jardin, et, traversant la jungle, il atteignit la maison. La grande porte-fenêtre qui donnait accès dans la chambre de provisions était
ouverte ; il s'attendait à y trouver Anne, mais Anne
n'y était pas. Sa table à ouvrage était poussée dans
un coin ; sur le parquet, deux ou trois malles ou
porte-manteaux étaient étalés à moitié pleins de
vêtements. Walter venait de se convaincre qu'Anne
était absente, quand son nom prononcé dans la
pièce voisine attira son attention.

Prêtant l'oreille, il l'entendit une seconde fois ; le
son partait de la salle à manger. La porte vitrée
qui séparait les deux pièces était fermée ; mais, en se
baissant et en tirant le rideau un peu de côté, il
pouvait voir distinctement deux hommes assis des
deux côtés de la table, et, quand ils reprirent leur
conversation, il reconnut tout de suite la voix du
capitaine et celle de Heath : « Danby ! » Encore et
pour la troisième fois ! Il voulait savoir ce qu'on
pouvait bien dire de lui.

« L'apporter ! disait Heath. Vous n'avez pas à
craindre qu'il y manque ; il a vendu ses valeurs uniquement dans ce but.

— Il en avait pour quinze mille francs, dites-vous ?
Ce que je lui ai pris n'en est donc que la minime
partie. Ce serait dommage de ne pas lui accorder
sa revanche et le plumer encore un peu plus.

—. Vous ne l'y déciderez pas, car il ne jouera plus. Il m'en a parlé l'autre jour, et je lui ai moi-même conseillé de ne plus se laisser entraîner.

— Voilà qui est d'un bon ami! dit le capitaine avec amertume.

— D'un bon ami? pour vous ou pour lui? Je crois pour tous les deux, reprit Heath en frappant sur la table. N'avez-vous donc pas des affaires plus sérieuses et plus importantes, que vous employiez votre temps à gagner quelques mille francs à cet adolescent?

— Adolescent ou homme fait, peu m'importe, pourvu que je gagne ; et j'avoue que je ne suis pas assez riche pour faire fi de quelques milliers de francs, comme vous dites. Enfin, supposons que vous ayez raison ; il me semble pourtant qu'il serait grand temps que votre adolescent fût ici. Il sera désappointé de ne pas trouver Anne, mais je l'ai envoyée chez Mme Wells.

— Et la servante est-elle sortie aussi?

— Oui, je lui ai donné une permission de dix heures, ce qui l'a beaucoup étonnée.

— Je vous conseille alors, quand Danby viendra, de ne pas perdre votre temps en bavardages, mais de lui dire tout de suite que l'absence de Mlle Studley vous empêche de l'inviter à dîner, et de le congédier au plus vite. Nous serons alors les seuls habitants de la maison, vous et moi, et l'ouvrage ne

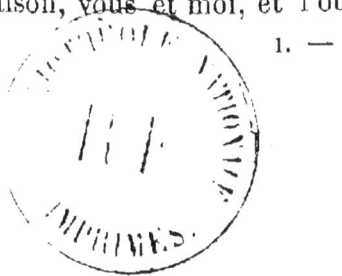

1. — 7

nous manque pas. Il faut que vous ayez un relevé
exact des pierres, le nombre, le poids, le prix demandé, etc., pour le soumettre à Van Stuyvesant :
sans cela, il ne voudrait pas entrer en affaires avec
vous. Vous pourriez voir aussi Monnier, à Paris,
le vieux, non pas le fils : celui-ci est timoré et parle
trop ; puis Lassenaye, à Bruxelles ; mais je crois que
le seul négociant vraiment sérieux est Van Stuyvesant. Il n'y a pas de risque qu'on introduise Danby
dans ce salon ?

— Il n'y a personne pour lui ouvrir, que vous ou
moi ; donc, nous n'avons rien à craindre.

— Alors vous le conduirez directement dans
votre cabinet, et, dès que vous aurez votre argent,
renvoyez-le. Puisqu'il ne peut pas venir ici, et
que les fenêtres ne donnent pas sur la façade, nous
pouvons tout de suite nous mettre à la besogne.
Avez-vous une allumette par ici?

— Sur le coin de la cheminée, » répondit le capitaine.

Danby entendit le frottement de l'allumette et
vit Heath allumer la suspension au-dessus de la
table. Le jeune homme se recula vivement dans
l'ombre ; mais, au bout d'un instant, il reprit son
poste d'observation derrière le rideau, et, la salle à
manger étant maintenant en pleine lumière, il vit
un spectacle dont il ne put plus détacher les yeux.

Juste au-dessous de la lampe, entre les deux

hommes, était posée une boîte à compartiments en
cuir, doublée de satin, comme en ont les bijoutiers.
Celle-là était vieille de forme, le cuir râpé, le satin
souillé ; c'était évidemment un vaste écrin, qui avait
dû contenir une parure complète : diadème, collier,
boucles d'oreilles et bracelets. Ces derniers étaient
encore en place ; c'étaient de larges anneaux d'or
massif incrustés de superbes diamants ; le diadème
était dans la boîte ; mais le collier et les boucles
d'oreilles manquaient. Danby retenait son souffle :
les yeux lui sortaient de la tête ; il regarda encore
et put voir, posé à côté de Heath, tout un assorti-
ment de pinces, marteaux et autres outils. Devant
lui des morceaux d'or tordus et brisés, et dans sa
main un papier plein de pierres étincelantes qu'il
examinait à la lueur de la lampe.

« Ils sont superbes! murmura Heath après avoir
soufflé dessus et vu sa respiration s'évaporer presque aussitôt. Il faudra que le vieux Van Stuyvesant
dénoue joliment les cordons de sa bourse avant que
nous lui cédions aucun de ces bijoux ; leur valeur
devrait être plus grande encore, car ils ont coûté
assez cher! »

En disant ces mots, Heath fit un mouvement de
côté, ce qui permit à Danby de mieux distinguer la
cassette , ainsi que le diadème et les bracelets
qu'elle contenait. Certainement il avait déjà vu ces
bijoux, il n'y avait même pas longtemps ; mais où?

Pendant ce temps, le capitaine avait pris l'écrin entre ses mains.

« Vous ne pouvez pas ôter ces diamants, ce me semble? demanda-t-il.

— Non, ils sont si fermement scellés dans l'or, et l'or lui-même est si massif, qu'aucun de mes outils ne peut en venir à bout; ce qui me console de ce contre-temps, c'est que vous en aurez déjà bien assez à emporter avec vous pour une fois, et, si le vieux bonhomme mord à l'hameçon, vous ou moi pourrons lui faire une seconde visite.

— Qu'est-ce que cela? s'écria Heath en se tournant vers la porte vitrée.

— Rien du tout, répondit Studley en regardant de tous côtés; le chat, peut-être. Les provisions qu'on met dans la chambre à côté attirent les souris, et Minet vient souvent leur donner la chasse. »

Le bruit avait été fait par Walter Danby. Il venait tout d'un coup de se rappeler où et comment il avait vu cet écrin et ces bijoux. C'étaient ceux qui avaient été déposés dans le coffre-fort de M. Middleham par la comtesse espagnole, les mêmes qu'il avait aidé Heath à cataloguer. Quand il se rendit compte de ce qu'il voyait, il fut pris d'un tremblement violent, et son bras avait heurté légèrement un verre.

C'étaient donc les bijoux volés à la banque, qu'on recherchait depuis si longtemps, pour lesquels

M. Middleham avait été assassiné ; par qui ? Il n'y avait plus de doute. Et l'un de ces hommes était *son* père ! Ébloui, paralysé, Walter Danby ferma les yeux et, la tête pressée dans ses mains, se demanda ce qu'il allait faire.

Où était Anne pendant ce temps ? Elle n'avait pas été chez Mme Wells, et elle attendait son amant devant la porte d'entrée de la maison, espérant entendre bientôt résonner à ses oreilles ces premiers mots d'amour, dont la seule pensée lui faisait délicieusement battre le cœur.

CHAPITRE VI

UN ACTE DÉSESPÉRÉ

Walter continuait à observer la scène qui se déroulait devant lui, paralysé de corps et d'esprit, sans pouvoir faire un mouvement. Quand il comprit ce qu'il voyait, il voulut fuir. Il en savait assez pour être convaincu de la culpabilité des hommes qui étaient là, qui avaient été ses amis et qui étaient des voleurs et des assassins. Non, peut-être les jugeait-il trop sévèrement et avaient-ils seulement consenti à recevoir les bijoux volés ; ils avaient même pu projeter ce détournement, le favoriser, mais ils n'avaient pas répandu le sang innocent. Heath était absent au moment du crime, et Studley..... Mais qu'avait donc dit l'agent de police ? Que le vol n'avait pu être commis que par des habitués de la maison, par des gens qui connaissaient les habi-

tudes de M. Middleham! Heath! qui avait catalogué
le nombre et la valeur des diamants! Heath!

Le cœur manquait à Danby; sa tête se perdait; il
se sentait défaillir; il lui fallait de l'air à tout prix;
il fallait sortir comme il était entré, renoncer à
tout espoir de voir Anne, et rentrer à Londres
comme il le pourrait. Il se retourna doucement pour
se diriger vers la porte, dont les contours se dessi-
naient aux derniers rayons du jour; mais il ne vit
pas un des porte-manteaux; il trébucha et tomba
tout de son long sur le parquet; l'instant d'après, la
porte vitrée s'ouvrit avec fracas, et Danby, étendu par
terre, sentit un poids énorme s'appuyer sur lui, en
même temps qu'une main de fer lui serrait la gorge.

« Voici votre chat! s'écria l'homme qui le tenait
d'une vigoureuse étreinte, — c'était Heath, il ne pouvait s'y méprendre. Ai-je été assez simple de vous
croire tout à l'heure! Apportez la lampe, et voyons
à qui nous avons à faire; non, la lampe serait éteinte
par le vent; aidez-moi plutôt à apporter le coupable
dans le salon; prenez les jambes; allons!

Les deux hommes traînèrent Danby dans la pièce
voisine, et Heath, une fois sous la lumière, voulut
soulever le menton de son captif pour reconnaître
ses traits; mais Walter releva vivement la tête et
leur montra un visage bouleversé, mais ferme.

« Danby! s'écria Heath à voix basse; comment
a-t-il pu entrer ici? Je n'ai pas entendu sonner.

— Il aura pénétré par la porte de derrière, répondit le capitaine, dont le visage était pâle et les lèvres tremblantes. Il connaît ce chemin-là, je le lui ai montré moi-même. »

La main de Heath était restée pendant tout ce temps dans la cravate de Danby; il la retira et ordonna au jeune homme de se lever et de s'asseoir sur une chaise de chêne qui était appuyée contre le mur; Danby obéit. Il avait perdu la respiration pendant la lutte, et son cœur battait à l'étouffer; mais il conservait tout son sang-froid.

« Restez tranquille, vous vous en trouverez bien, dit Heath en s'asseyant devant lui sur le coin de la table et balançant sa jambe. Depuis combien de temps étiez-vous dans cette chambre ?

— Depuis dix minutes peut-être, » répondit Walter d'une voix ferme, et regardant son interrogateur en face.

Heath quitta sa place, passa dans la chambre de provisions, ferma la porte et, déplaçant le rideau, examina quelles parties du salon on pouvait voir de ce poste d'observation; puis il rouvrit la porte et dit à Studley :

« Parlez, dites quelque chose, ce que vous voudrez, avec votre voix ordinaire. »

Il revint bientôt, apportant quelques grosses cordes, que Danby se rappela avoir vues près des malles.

« Il a dû voir et entendre tout ce que nous avons

fait et dit, aussi bien que s'il avait été à côté de nous, dit-il à demi-voix à Studley. Écoutez, jeune homme, continua-t-il; vous connaissez la position de cette maison; vous savez qu'elle est complètement isolée; vous pourriez appeler pendant une heure, un mois, que personne ne vous entendrait. Si vous tenez à la vie, vous garderez le silence, et, pour vous empêcher de faire aucune tentative d'évasion, je vais vous attacher à cette chaise. »

En parlant ainsi, il passa la corde autour du corps de Danby, se glissa derrière lui et l'attacha solidement. Walter ne fit aucune résistance; il était pâle, anxieux, mais beaucoup moins ému que le capitaine, qui regardait faire Heath, battant du tambour sur la table et ouvrant la bouche de temps à autre pour retrouver son souffle.

« Là ! reprit Heath en regagnant sa première position sur la table; maintenant, nous allons régler cette affaire. Walter Danby, de votre propre aveu, vous avez passé dix minutes dans la chambre à côté, d'où vous avez vu et entendu tout ce qui s'est fait ici. Est-ce vrai ?

— J'ai tout vu et tout entendu, » dit Danby avec calme.

Sa voix était basse, bien différente du son joyeux qu'elle avait d'ordinaire.

« Qu'avez-vous entendu ? interposa Studley ; nous ne parlions que d'affaires.

— D'affaires? Est-ce votre affaire de tricher aux cartes, de recéler des biens volés à un homme assassiné? Je reconnais ces bijoux, pour avoir aidé votre digne ami, ici présent, à les estimer et à les cataloguer. Je sais qu'ils étaient dans le coffre-fort au moment où M. Middleham a été tué. »

Au moment où Danby prononçait ces mots, Heath sauta par terre et s'avança vers lui en mettant la main dans la poche de son habit; mais le capitaine se pencha vers son ami, lui saisit le bras en murmurant :

« Arrêtez, au nom de Dieu, pensez à ce que vous allez faire !

— C'est justement parce que je pense à ce que je vais faire, que je comprends la nécessité de faire taire ce jeune homme, dit Heath les dents serrées, les yeux enflammés et la main toujours dans sa poche.

— Attendez, reprit le capitaine, venez ici un instant, discutons la position ; je n'ai pas plus envie de me compromettre que vous.

— Courez-vous les mêmes risques que moi? Je ne le croyais pas ; néanmoins vous êtes bien suffisamment compromis; nous jouons gros jeu l'un et l'autre.

— N'aggravez pas notre position, dit Studley sérieusement. Depuis un mois, j'ai vécu dans un véritable enfer, grâce à votre précipitation! Jour et nuit, je n'ai eu qu'une pensée, je n'ai vu qu'une

scène sous mes yeux ! Ne créez pas un nouveau fan-
tôme pour me poursuivre sans relâche, ou je de-
viendrai fou.

— Peut-être, quand vous aurez cessé de divaguer,
vous voudrez bien me dire ce que vous proposez
que nous fassions de cet homme. Vous avez entendu son aveu.

— Faites de lui tout ce que vous voudrez, tout,
excepté ça ! continua Studley en levant ses mains
tremblantes. Faites-lui jurer de ne jamais, ni à aucun prix, révéler ce qu'il a vu ; mais laissez-le vivre,
laissez-le partir ! Je lui abandonnerai l'argent qu'il
me doit et que sans doute il m'apportait. La reconnaissance lui liera la langue et l'attachera à
nous ; mais, je vous en prie, lâchez-le. »

Heath regardait son compagnon sans lui répondre ; enfin il retrouva la parole :

« Vous avez donc tout à fait perdu la tête ? vous
parlez de scènes, de fantômes, de revenants, vous
qui avez passé trente ans de votre vie.....

— Non, j'ai passé ma vie partout ou dans tout ce
que vous voudrez ; mais jamais je n'ai fait cela, oh !
jamais !

— Est-ce que le bon sens, le sens commun, s'il
vous en restait quelque peu, ne vous dirait pas que
jamais cet homme ne s'engagerait par un serment ?
que ce ne seraient pas vos quelques mille francs
qui achèteraient son silence ? Il est brave, honnête,

loyal; son âme entière se révolte contre nous et contre nos crimes. Il croirait de son devoir de nous dénoncer, quoi qu'il pût en advenir, et il n'hésiterait pas. Il a reconnu ces diamants et a compris qui les avait dérobés, et vous n'avez sans doute pas besoin que je vous dise que, une fois sur la trace des voleurs, on sera sur une autre trace encore.

— Je le sais, vous avez raison, néanmoins épargnez sa vie.

— Sa vie est entre ses mains, reprit Heath, s'il veut jurer de garder le secret. Je le connais assez pour savoir qu'il tiendra son serment; mais s'il ne veut pas s'engager.....

— Il promettra, il promettra, s'écria Studley en mettant sa main sur la poitrine de Heath.

— C'est ce que nous allons voir, répondit Heath en le repoussant. S'il refuse, je pourvoirai moi-même à ma propre sûreté. Vous reconnaissez donc, Danby, continua-t-il en s'adressant au jeune homme, que vous êtes venu ici pour nous espionner.....

— C'est faux, répondit Danby avec calme. Je suis venu à un rendez-vous, je suis entré accidentellement dans cette chambre, d'où.....

— N'ergotons pas sur les mots. Vous avez vu ce que nous faisions, vous avez reconnu ces bijoux. Vous pouvez nous dénoncer; nous sommes à votre merci. »

Un sourire méprisant passa sur les traits de

Danby ; Heath le vit et poursuivit rapidement :

« Moralement nous sommes à votre merci, mais physiquement vous êtes en notre pouvoir, et personne ne pourrait vous en délivrer. Ne l'oubliez pas ! Considérez la situation en face. Nous sommes dans une maison isolée, loin de tout secours ; vous êtes entre les mains de deux hommes que vous avez réduits aux abois.....

— Inutile de continuer, dit Danby ; je prévois mon sort. »

Cette fois, sa voix était plus faible et tremblait légèrement, des gouttes de sueur perlaient sur son front, ses narines se dilataient, ses lèvres se contractaient.

« On vous offre une chance de salut, et vous en profiterez, n'est-ce pas ? insinua Studley. Vous jurerez devant Dieu que vous ne révélerez jamais ce que vous avez vu ou entendu, et alors nous vous mettrons en liberté. Le promettez-vous ?

— Non, je ne ferai aucun compromis avec des voleurs et des assassins. Au secours ! au secours ! »

Par une secousse violente, il détacha la corde et se dressa sur ses jambes ; il se dirigea vers la porte ; mais Heath, poussant le capitaine de côté, s'élança sur Danby et le terrassa. Le jeune homme avait peu de chances de pouvoir lutter avec avantage contre son antagoniste ; mais il sentait qu'il y allait pour lui de la vie, et il se débattait vigoureusement ; pendant quelques instants, suspendu aux poignets

de Heath, il empêcha celui-ci de saisir son poignard, et même, lorsqu'il eut cette arme à la main,
il ne pouvait frapper sa victime. Le bras de Danby
lui servait de bouclier, et quelques instants s'écou-
lèrent avant que le poignard fût enfoncé dans le
cœur de Walter.

A ce moment, un cri d'horreur, qui s'éteignit presque aussitôt dans un gémissement plaintif, s'éleva
du jardin. Heath, à genoux à côté de sa victime encore palpitante, resta pétrifié, l'œil hagard, la bouche béante ; mais Studley, qui avait caché son visage pendant la scène dramatique que nous venons
de raconter, se leva lentement et prêta l'oreille.
Le cri était parti du jardin, près de la fenêtre fermée qui donnait de ce côté ; par un mouvement
irréfléchi, Studley ouvrit l'espagnolette et regarda
dehors. Sur le sol, une masse noire, le corps d'une
femme, gisait sans connaissance ; c'était celui de sa
fille.

Le capitaine chancela ; il s'appuya contre la mu-
raille, essayant de rassembler ses idées. Anne avait
assisté au meurtre ; ce crime devenait donc inutile,
puisqu'il existait un témoin qui pourrait déposer
contre eux.

Est-ce que Heath allait se débarrasser d'Anne,
comme il s'était débarrassé de Walter? Non, il y
avait eu assez de sang répandu ; il était son père, il
s'interposerait, il la défendrait.

Studley se dirigeait vers la porte quand il sentit la main de Heath se poser sur son bras. Il recula épouvanté.

« Ne me touchez pas; vos mains sont encore teintes de sang! laissez-moi, éloignez-vous!

— C'est votre fille qui est évanouie dans le jardin? vous êtes sûr que ce n'est pas la domestique?

— C'est ma fille; elle a tout vu et a perdu connaissance; il faut que je m'occupe d'elle.....

— Trêve à vos sottises! répondit rudement Heath; rappelez vos esprits, car vous allez en avoir besoin. Elle est évanouie, laissez-la où elle est. Quand elle se réveillera, elle sera trop faible et trop impressionnée pour nous faire aucun mal; pendant ce temps, procédons à nos affaires.

— Lâchez-moi, s'écria Studley; je ne puis supporter votre contact; savez-vous bien ce que vous avez fait?

— J'ai sauvé ma vie et la vôtre, du moins si nous faisons disparaître toute trace compromettante avant le retour de la servante. »

En parlant ainsi, il se rapprocha du cadavre; pendant la lutte, le tapis de la table était tombé par terre; en suivant Studley jusqu'à la fenêtre, Heath avait jeté ce tapis sur le visage du mort. Il le déplaça doucement et regarda sa victime sans broncher. Une large tache rouge marquait la place où le poignard s'était enfoncé; une manche de l'habit

était déchirée et maculée. La bouche et les yeux
étaient encore ouverts, le front contracté par une
souffrance intense. Le bras qui avait servi à parer
les coups était encore courbé sur la poitrine ; l'autre
pendait inerte le long du corps.

La figure de Heath, contemplant son ouvrage, demeurait parfaitement impassible ; elle n'exprimait
ni colère, ni chagrin, ni remords ; il posa son doigt
sur le pouls, et, quand il fut sûr qu'il ne battait plus,
il se releva et fit signe à Studley d'approcher.

Le capitaine demeurait immobile, et, quand son
compagnon répéta son appel muet, il n'y répondit
que par un geste de dégoût.

« Voulez-vous bien venir, s'écria Heath impa-
tienté à demi-voix, ou préférez-vous que la domestique nous surprenne ainsi et nous dénonce ?

— Est-il... est-il tout à fait mort ? balbutia
Studley en se penchant pour la première fois au-
dessus du cadavre. Que.... qu'allez-vous en faire ?
Il faut à tout prix le cacher, mais où ?

— Quelle profondeur a la mare du jardin ?

— La mare ? Deux ou trois mètres, je suppose,
répondit le capitaine. Je me souviens qu'un jour le
jeune Danby.... Oh ! mon Dieu ! j'oubliais..., je veux
dire qu'IL devait mesurer la profondeur de l'eau
avec une perche.

— Cela suffira, reprit Heath ; du moins pour le
moment. Il faut l'envelopper dans quelque chose,

un sac, un vieux tapis, quoi que ce soit. Je vais voir
si je trouve ce qu'il me faut dans la chambre des
outils. »

Il allait s'éloigner; mais Studley le saisit par le
pan de son habit :

« Ne me quittez pas, s'écria-t-il; je ne puis pas
rester seul avec *lui!* je vous accompagnerai. »

Le chemin le plus court pour atteindre le réduit
dans lequel on serrait les outils de jardinage était
de traverser la chambre de provisions. Avant de
suivre son compagnon, Studley jeta un regard rapide au dehors et vit sa fille qui était encore
étendue sans mouvement sur le sol; il aurait voulu
lui porter secours; mais un impérieux « Venez » le
força à y renoncer.

Ce fut à tâtons qu'ils arrivèrent dans le réduit
en question et qu'ils y trouvèrent quelques vieux
sacs qui avaient servi au transport des pommes de
terre; ils les rapportèrent à la salle à manger; en
rentrant dans cette pièce Studley se sentit saisi
d'horreur, il pouvait à peine avancer et tressaillit
quand il aperçut le corps de Danby, comme s'il
eût ignoré sa présence; mais Heath ne lui laissa
pas le temps de réfléchir; il l'appela brusquement
pour l'aider.

« Je viens, » répondit Studley machinalement.

Puis il ajouta en montrant le parquet :

« Voyez là-bas, le tapis est tout imbibé de sang.

— Nous nous en occuperons plus tard. Je viens
de combiner un plan au moyen duquel nous pourrons éloigner tout le monde d'ici pendant quelques
jours, ce qui nous laissera le temps de prendre les
précautions nécessaires. Mais d'abord il faut que
nous nous débarrassions de ceci, et pour ça votre
aide m'est indispensable. »

Studley ne lui fut pas d'un grand secours, bien
qu'il s'efforçât d'exécuter les ordres qui lui étaient
donnés. On mit le haut du corps dans le sac, on
attacha les jambes ensemble avec une corde; puis,
en silence, les deux hommes soulevèrent leur lugubre fardeau, traversèrent le vestibule et sorti-
rent de la maison. La charge était lourde, et, bien
que Heath eût pris la part la plus pesante, Studley
fut obligé à plusieurs reprises de s'arrêter pour
reprendre haleine. La nuit était venue; pas un
souffle d'air ne faisait bruire les feuilles, et un
brouillard épais dérobait les mouvements des deux
complices. A la fin, ils atteignirent le pont, et là, à
son grand effroi, Studley fut laissé quelques instants
seul à côté du corps, pendant que Heath cherchait
« quelque chose de lourd, » murmura-t-il avant de
s'éloigner. Bientôt il reparut, apportant deux grosses
pierres; elles furent toutes deux enveloppées dans
des morceaux de sac et attachées l'une au cou,
l'autre aux pieds de Danby. Alors, soulevant une
dernière fois le cadavre et s'approchant du parapet

du pont, que Heath démolit d'un coup de pied, ils le laissèrent tomber dans la mare. Il s'enfonça immédiatement; l'eau, un instant troublée, se referma lentement au-dessus de la victime, et un corbeau qui voltigeait à l'entour poussa un cri plaintif. Ce fut l'oraison funèbre de Walter Danby.

Studley restait immobile et pétrifié au bord de l'eau, quand Heath le secoua par le bras.

« Avez-vous donc oublié votre fille? lui dit-il. Vous paraissiez si soucieux à son sujet, tout à l'heure! Venez, nous allons maintenant nous occuper d'elle. »

Sous la fenêtre, Anne était étendue sur le gravier; deux heures plus tôt, elle était sortie de cette maison, pleine de joie et d'espérance, prête à accepter l'amour que lui offrait l'homme que son cœur avait choisi. Où était-il, ce fiancé? Mort! Où étaient ses espérances? Anéanties!

« Elle ne s'aperçoit encore de rien, dit Heath, car elle n'a pas repris connaissance. »

Il la soulevait doucement en parlant ainsi; mais le père s'interposa.

« Ne la touchez pas! je ne veux pas voir vos mains sur elle! s'écria-t-il avec colère.

— Finissons ces simagrées, maintenant et pour toujours. Dans ce cas-ci, du moins, vous êtes aussi coupable que moi, et la justice ne ferait aucune différence entre nous. Si mes mains ont agi, mon cerveau sera chargé de pourvoir à notre sûreté, et, sans aller plus loin, vous serez bien aise de m'avoir pour monter votre fille dans sa chambre, car vous ne le pourriez pas. Laissez-moi donc faire ; une fois qu'elle sera dans son lit, je vous dirai ce que j'ai décidé. »

Heath se baissa, et, soulevant sans effort la jeune fille, il la monta au premier étage et la déposa sur son lit.

« Déshabillez-la, dit-il à Studley, pendant que je descends mettre tout en ordre et me laver les mains. Tâchez de vous remettre un peu, car ce seront les vingt-quatre heures qui vont commencer qui seront les plus difficiles à traverser ; si nous y arrivons, nous serons sauvés. Déshabillez-la ; jetez ses vêtements un peu en tous sens ; je vais tout à l'heure vous monter un peu de cognac, et, si vous avez quelques médicaments dans la maison, il vaut autant les étaler sur la table. Il faut que nous donnions à cette chambre un air de désordre, comme cela est toujours le cas, quand il y a quelque indisposition subite ; son évanouissement ne peut plus durer bien longtemps, et il faut que toutes nos batteries soient dressées avant qu'elle revienne à elle. »

Studley obéit ; il n'avait plus de volonté personnelle ; il était devenu une machine entre les mains de son compagnon. Quand Heath remonta, Anne était au lit, ses habits jetés sur une chaise, un flacon de sels sur son oreiller, une éponge et une cuvette sur une chaise à portée de la main.

« Bien, dit Heath ; pendant que j'étais en bas, j'ai décidé ce que nous avions à faire. Ecoutez-moi, Studley, et souvenez-vous de ce que je vais vous dire. Dans une demi-heure, votre domestique va rentrer. Vous irez lui ouvrir, et vous lui direz que Mlle Studley est revenue très-souffrante et a dû se coucher, et que vous craignez qu'elle n'ait quelque mauvaise fièvre. Priez-la de vite se désha-biller pour venir vous aider à soigner votre fille et pour passer la nuit auprès d'elle. Si je con-nais le cœur humain, cette fille vous refusera ; elle est ignorante, stupide, et sera si effrayée à ce seul mot de *fièvre*, qu'elle vous plantera là. Insistez, et, si elle persiste, vous vous désolerez et lui direz alors que vous vous voyez dans l'obligation de la remplacer sans délai. Elle sera enchantée de cette solution et se réfugiera tout de suite dans sa famille, qui habite le village, si je ne me trompe.

— Mais si par hasard elle ne craint pas la conta-gion et consent à m'aider, que faire alors ?

— La conduire tout droit dans la chambre de la malade et ne pas la perdre de vue un instant. Lorsque Mlle Studley reprendra connaissance, vous pourrez mettre sur le compte du délire tout ce qu'elle dira. Ne laissez pas la servante parcourir la

maison. Nous pourrons du reste convenir des autres détails quand je reviendrai.

— Quand reviendrez-vous? où allez-vous donc?

— A la pharmacie; il est absolument nécessaire
que votre fille ne puisse pas se rendre compte
d'une manière exacte de ce qui va se passer autour
d'elle pendant un certain temps; aussi, quand elle
reviendra de sa défaillance, il faut lui administrer
une potion calmante et soporifique.

— J'ai du laudanum dans ma chambre.

— Cela nous servira pour augmenter la dose, mais
il est plus prudent de nous adresser au pharmacien; je prendrai quelques autres remèdes pour jus-
tifier la maladie aux yeux de votre domestique. Je
vais du reste moi-même parler à mots couverts de
nos craintes au sujet de votre fille et demander un
conseil au pharmacien, en attendant que vous appe-
liez le médecin.

— Ne restez pas longtemps, revenez bientôt,
Heath; pour l'amour de Dieu, hâtez-vous! Je ne
puis rester seul ce soir.

— Voici du cognac, répondit Heath avec dédain;
buvez-en un verre pour vous redonner du courage;
mais ne vous brouillez pas les idées, et n'oubliez
pas mes instructions pour votre servante. »

CHAPITRE VII

PRÉCAUTIONS

Le son fêlé de la sonnette rouillée fit tressauter le capitaine, qui essayait de rassembler ses idées et de comprendre la tragédie qui venait de se passer. Après avoir jeté un coup d'œil furtif sur sa fille, qui gémissait dans un demi-sommeil et s'agitait sur son oreiller, il descendit pour aller ouvrir la porte.

« Qui est là ? demanda-t-il en tremblant.

— Ami, répondit la voix bien connue de Heath.

— Vous êtes resté bien longtemps absent.

— Le pharmacien était couché ; il a fallu le réveiller ; mais c'est un brave imbécile qui a avalé mon conte sans le moindre soupçon. La bonne est-elle revenue ?

— Oui ; à peine m'aviez-vous quitté qu'elle est rentrée ; je lui ai dit tout ce dont nous étions con-

venus ; elle a eu une frayeur bleue et n'a pas même
voulu entrer ; elle est partie en promettant que sa
mère, qui s'entend à soigner les malades, viendrait
demain matin.

— Tout va bien, alors. Demain, nous saurons ce
que nous devrons faire. Comment va votre fille ?

— N'entrez pas là, n'entrez pas là ! s'écria Studley en voyant Heath se diriger vers la salle à
manger. Restons un instant sur l'escalier.

— Où vous voudrez, répondit Heath en haussant
les épaules. A-t-elle repris connaissance ?

— Pas complètement, je crois; elle regarde autour
d'elle comme si elle ne voyait et ne comprenait
pas ; à plusieurs reprises, elle a poussé des cris perçants, et quand j'essayais de la calmer elle me demandait si elle avait eu un cauchemar. Je l'ai con-
firmée dans cette supposition, mais elle ne cesse
de s'agiter et de gémir. Je ne sais ce que nous
ferons d'elle.

— Cette potion va la calmer, dit Heath en sortant
une petite bouteille de sa poche; surtout si vous y
ajoutez quelques gouttes de votre laudanum. Il est
essentiel que, jusqu'à mardi, elle ne puisse pas se
rendre compte de ce qui se passe, ou du moins
qu'elle soit incapable de quitter la chambre et de
communiquer avec qui que ce soit. »

Studley prit le médicament; puis, regardant Heath
comme pour lire dans ses yeux :

« Vous me promettez, vous m'assurez qu'il n'y a rien de dangereux dans..... cette potion ?

— Bêtise ! » répondit Heath.

Et, enlevant le bouchon, il avala lui-même une portion du liquide.

« Vous voilà rassuré, j'espère. Prenez-la, ajoutez-y six gouttes de laudanum, et faites-la-lui boire. Aussitôt qu'elle sera endormie, venez me rejoindre.

— Pas en bas ! Nous pourrons nous tenir sur le palier devant la porte ; il pourrait être dangereux de ne pas la veiller.

— Il serait bien plus dangereux encore qu'elle entendît notre conversation ; mais je verrai les choses par moi-même quand je remonterai. Un mot encore. Elle n'a rien dit d'autre que ce que vous m'avez rapporté ? Elle n'a pas fait allusion à..... ce qu'elle a vu ?

— Pas la moindre ; c'est vraiment à peine si elle est revenue à la vie.

— Donnez-lui donc cette potion, et nous serons tranquilles pour vingt-quatre heures au moins. »

Quand Studley l'eût quitté, Heath entra dans la salle à manger ; la lampe brillait gaiement ; le feu brûlait dans l'âtre ; le tapis avait été remis sur la table ; l'écrin avait disparu ; il avait trouvé moyen de remettre tout en ordre avant de partir pour la pharmacie... En faisant une nouvelle revue de la chambre, il s'aperçut qu'un des coins du tapis avait une large tache sombre. Il prit son couteau, coupa le morceau et se mit à effranger l'étoffe.

« On croira que c'est un chien qui a fait cela, murmura-t-il entre ses dents ; que m'a dit Studley du tapis ? Oh ! je vois ce que c'est. »

Et il se baissa pour mieux examiner le parquet... Ce n'était pas le tapis, mais simplement la carpette qui était tachée : une grande tache cramoisie. Après un instant de réflexion, Heath saisit quelques tisons avec les pincettes et les laissa tomber par terre, puis les roula avec son pied et finit par les enlever.

« Voilà qui ira bien, dit-il ; personne ne doutera d'un accident, et maintenant je crois bien que toute trace compromettante est supprimée. La situation me paraît néanmoins sérieuse et difficile, surtout avec un pareil individu pour confident ; Dieu sait de quoi il serait bien capable ! »

Au moment de quitter la chambre, Heath se retourna. Qu'était cette ombre noire là-bas dans le coin ? Il revint sur ses pas, tourna la lampe dans cette direction ; l'ombre avait disparu. Avec un soupir de soulagement, il sortit du salon.

Studley l'attendait sur le palier ; aucun bruit ne se faisait entendre dans la chambre à coucher. Elle dort profondément, dit le père.

« Lui avez-vous fait prendre la potion ?

— Oui, elle l'a avalée sans difficulté, et peu de minutes après elle était plongée dans un paisible

sommeil. Pauvre enfant ! murmura-t-il, il vaudrait
mieux pour elle qu'elle ne se réveillât jamais.

— Chacun a son opinion sur ce sujet, répondit
Heath ; en attendant, occupons-nous de nos affaires.
Ce triste événement, non prémédité, mais amené
par une nécessité absolue, a changé tous nos projets. L'argent et les bijoux ne sont plus en sûreté
ici ; il faut que ce soit moi, et non vous, qui les
emporte, et il faudra attendre quelques mois avant
même d'essayer de nous défaire de ces diamants.

— Où comptez-vous transporter tout cela ?

— A Paris, je pense ; mais je ne suis pas encore
décidé.

— Pourquoi ne puis-je pas partir, comme nous
en étions convenus ? reprit Studley. Je ne puis pas
rester ici, je deviendrais fou.

— Et votre fille ? Elle ne peut pas voyager dans
ce moment, elle ne doit pas s'éloigner d'ici, elle ne
doit voir personne, car elle tient nos vies entre ses
mains, et vous me répondez d'elle. Vous êtes obligé
de rester ici pour soigner votre fille, et toutes les
démarches extérieures doivent être faites par moi.

— Quand s'apercevra-t-on de sa disparition ?

— C'est un des premiers renseignements dont
j'aurai besoin demain matin de bonne heure ; je re-
tournerai en ville pour savoir s'il avait parlé à quelqu'un de son intention de venir ici aujourd'hui.

— Cela me paraît peu probable. Un jeune homme

qui va payer une dette de jeu ne s'en vante guère
et règle ses affaires tout seul.

— Cela me semble rationnel, et vous avez raison; de plus, il n'aurait pas voulu compromettre
votre fille.

— Dieu du ciel! j'avais oublié cette circonstance;
si elle l'aimait, il y a de quoi lui faire perdre la
tête !

— Raison de plus pour la surveiller de très près,
et vous seul en avez le pouvoir et le devoir. Vous
pouvez néanmoins la quitter sans crainte pour quelques minutes, et j'ai besoin de vous pour m'aider à
fermer la valise. »

La valise, recouverte de toile, avec le nom de
Studley, fut confectionnée ; elle était bien lourde.

« Vous aurez quelque peine à la porter, je le
crains, dit Studley, qui ne pouvait la remuer qu'en
y mettant les deux mains ; et cependant il serait
prudent de ne la confier à personne.

— Je m'en tirerai très-bien ; et vous pouvez
compter sur moi pour ne la laisser toucher à personne jusqu'à ce que son contenu soit en sûreté. Il
faudra que je me lève de bonne heure demain, pour
arriver à la gare en temps opportun. Pourrais-je
me procurer un fiacre de si bon matin ?

— Il y a bien le cabriolet du *Lion d'or ;* mais je
ne sais si l'on pourrait l'obtenir pour six heures, et
il n'y a pas d'omnibus pour ce train-là.

— Et, comme c'est celui que je compte prendre, il me faudra faire le trajet à pied. Il est désirable que je me montre de bonne heure au bureau. Je vais me reposer quelques heures dans votre cabinet. Vous allez, je pense, finir la nuit au chevet de votre fille ?

— Sans doute ; il le faut bien.

— Laissez-vous diriger vis-à-vis d'elle par les circonstances ; d'après le peu que j'ai vu d'elle, c'est une fille douée d'une grande force de caractère ; mais, pendant quarante-huit heures, vous saurez bien vous en tirer avec elle. Je serai alors de retour, et nous pourrons tenir conseil. Adieu ! »

Heath tendit la main à Studley, qui hésita un instant avant de la prendre.

« Bonsoir ! répéta le meurtrier en fronçant le sourcil ; souvenez-vous que tout dépend de votre vigilance et de votre prudence ! »

En achevant ces mots, il entra dans le cabinet du capitaine, fuma sa pipe, lut pendant quelques instants dans un livre quelconque, puis, s'étendant sur le canapé, il souffla la bougie. Il s'endormit presque aussitôt et ne se réveilla qu'à cinq heures, juste à temps pour saisir son porte-manteau et se rendre à la gare.

Les jeunes employés de la maison de banque, qui portait toujours le nom de Middleham, étaient toujours un peu en retard le lundi matin. La plupart d'entre eux profitaient du dimanche pour faire quelque partie de plaisir. En été, ils organisaient des courses dans les bois ou sur la rivière; en hiver, ils se réunissaient pour diner ensemble, souvent prolongeaient le repas assez tard et buvaient un peu plus que de raison.

Les rapports qui existaient entre les jeunes commis et le concierge Rumbold étaient assez confidentiels; jadis, ils étaient tenus au courant par Rumbold des mouvements de M. Middleham, que l'un d'eux, Moger, avait irrévérencieusement nommé : « Vieux feu d'artifice, » et qu'on désignait volontiers, dans les bureaux, sous ce sobriquet. Le directeur avait aussi reçu le nom de « Hampstead ».

Rumbold était, disait-on, un ancien boucher, ce qui le rendait inappréciable dans le choix des côtelettes et des beafsteak qu'il fournissait à ces messieurs; il était serviable et bon enfant, surveillait sans relâche l'entrée des bureaux, ne quittait pas des yeux les gens qui lui paraissaient suspects, et entretenait les feux d'une main si libérale que les commis lui accordaient toute leur estime.

« Holà! Rumbold, cria un des retardaires du lundi, je me suis un peu endormi ce matin. Hampstead est-il arrivé?

— Arrivé? je le crois certes bien, répondit le concierge. Il est entré au bureau ce matin avant huit heures, avant que j'eusse fini de balayer, guilleret comme un pinson, un grand porte-manteau à la main. Il m'a dit de prier ma femme de lui faire à déjeuner du jambon, des œufs et du thé, et, quand je suis allé tout à l'heure attiser son feu, il était plongé dans ses paperasses.

— Pourquoi a-t-il apporté cette valise? demanda M. Smowle, en pendant son chapeau au crochet. Est-ce qu'il va faire une absence?

— Pourquoi pas? reprit Rumbold, qui affectionnait par-dessus tout la forme interrogative; je suis d'autant plus porté à croire qu'il va partir, que je lui ai vu consulter un indicateur général des chemins de fer.

— Quelle chance! dit M. Smowle; nous aurons alors M. Frodsham comme directeur, par intérim; et celui-là n'est pas difficile à mettre dedans. Je pourrai dormir un peu plus longtemps le matin; je suis stupidement fatigué ce matin. Suis-je le dernier arrivé, Rumbold?

— Sauf Danby, qui n'a pas encore paru.

— Danby en retard? lui qui est toujours le premier!

— Oui, à l'ordinaire; mais je suppose qu'il aura fait la noce comme vous. »

M. Smowle était à peine installé devant son pupitre que la sonnette de M. Heath se fit entendre. M. Smowle interrompit le récit de ses hauts faits de la veille pour remarquer que Hampstead était

piqué de la tarentule, pour sonner comme cela et
être arrivé de si bonne heure au bureau.

« On pourrait croire qu'il veut mettre tout l'établissement en révolution avec ses coups de sonnette,
répondit M. Bell. Encore! bien! le vieux Rumbold
peut courir! regardez-le donc! »

M. Heath était dans son cabinet, plongé dans les
chiffres; la valise était posée sur une chaise, de
manière qu'il ne la perdît pas de vue. Quand
il songeait à ce qu'elle contenait, il ne pouvait réprimer un sourire, malgré la situation périlleuse où
il se trouvait. Si les employés pouvaient jeter un
regard sur ce contenu! Si la police, qui continuait
ses laborieuses recherches, mettait la main sur ces
pièces de conviction! Si les journalistes, qui se moquaient si spirituellement des efforts infructueux
de la justice et qui assuraient qu'on ne découvrirait
jamais rien, parce qu'il n'y avait rien à découvrir,
avaient pu pénétrer jusque dans ce sanctuaire!

Le courrier était toujours beaucoup plus considérable le lundi que les autres jours, et ce matin-là
on apporta une énorme pile de lettres au directeur.
Il y en avait dans toutes les langues modernes, et
M. Heath les lisait avec une égale facilité. Il y en
avait d'importance diverse, et d'un coup d'œil il en
faisait le triage, mettant ses notes et ses observa-
tions en marge.

« Je suis las de tout cela, murmura-t-il, en repoussant les papiers loin de lui. Cette affaire d'hier m'a détraqué; il faut que je bouge un peu. Une fois que je serai tout à fait en sûreté, je quitterai cette maison de banque et tous les souvenirs qu'elle me rappelle. Faisons le premier pas vers la libération. »

C'est alors qu'il tira la sonnette et mit fin à la conversation de MM. Smowle et Bell.

« Je voudrais parler à M. Danby, dit-il, lorsque Rumbold se présenta devant lui.

— M. Danby n'est pas encore arrivé, monsieur, répondit le concierge avec respect.

— Pas arrivé! s'écria M. Heath en regardant la pendule. Priez M. Frodsham de m'apporter le livre de présence. »

Pendant que Rumbold allait porter le message, le directeur sortit un petit miroir d'un des tiroirs de son bureau, se regarda attentivement; puis, prenant un flacon, il but une longue gorgée de liqueur, et il avait tout remis en ordre quand M. Frodsham frappa à la porte.

« Bonjour, Frodsham; j'avais un travail particulier à confier à M. Danby, et on m'apprend qu'il n'est pas encore arrivé. Je n'ai pas pu encore m'assurer de l'exactitude de tous nos jeunes gens, depuis que je suis leur directeur; mais je le croyais exact.

— Il est très exact à l'ordinaire, monsieur, et je ne puis expliquer son absence qu'en supposant qu'il est malade. S'il se fût agi de M. Smowle...

— Oui, répondit Heath en souriant à demi, celui-
là est, je crois, assez coutumier du fait. Oh ! voici le
registre de présence ; comme vous le dites, M. Danby
est indiqué comme arrivant toujours l'un des premiers, tandis que M. Smowle a de bien mauvaises
notes.

— Je suis de plus en plus convaincu que Danby
doit être malade, répéta M. Frodsham.

— J'espère que non ; c'est un jeune homme rangé ;
mais il est mortel comme chacun de nous. C'était
hier dimanche ; peut-être se sera-t-il laissé entraîner
par quelque camarade à faire quelque petit extra,
et ce matin il sera resté au lit. Voudriez-vous avoir
la complaisance de demander à ces messieurs si
aucun d'eux connaissait les projets de Danby. »

M. Frodsham ne fut absent que quelques minutes.

« Non, monsieur, dit-il, personne n'a vu M. Danby
depuis la fermeture du bureau, samedi soir.

— Il faut attendre une explication qui viendra
sans doute d'elle-même ; toutefois, si à midi il n'a
pas paru, soyez assez bon, Frodsham, pour envoyer
quelqu'un chez lui, pour savoir s'il est sérieusement
malade.

— J'espère bien que non, répondit M. Frodsham,
car Danby est très populaire parmi nous.

— J'aurais eu particulièrement besoin de lui aujourd'hui, car il écrit le français mieux que per-

sonne ici, et je voulais lui laisser cette affaire de Miéville, de Bruxelles, entre les mains.

— Est-ce que vous partez, monsieur ?

— Pour peu de temps, un jour ou deux ; mais j'ai besoin d'aller à Paris, prendre par moi-même quelques informations sur une affaire importante qu'on nous propose. Si Danby est malade, il faudra ajourner la réponse à Miéville jusqu'à mon retour. »

La plupart des employés étaient revenus de déjeuner, et M. Smowle se lamentait sur la dure nécessité de se remettre au travail aussitôt après le repas, quand Rumbold, qui venait de changer un des grands livres de place, dit tout à coup :

« Je crois bien que sous peu il y aura une place vacante dans le bureau, monsieur Smowle.

— Qu'en savez-vous ? demanda M. Smowle.

— Ce que j'en sais ? Eh bien, autant que je vous en dis. Le gouverneur a envoyé un messager chez le jeune Danby, et le messager vient de revenir.

— Eh bien, je suppose que sa maladie n'est pas incurable ; c'est une migraine du lundi, hein, Rumbold ?

— Sa maladie n'est pas incurable ? faudra voir, répondit le portier. Que croyez-vous bien qu'on ait répondu ? Qu'il est sorti hier après midi, sans dire ni où il allait ni quand il reviendrait, et il n'est pas encore rentré.

— Ah ! Walter Danby ! Walter Danby, mon jeune

ami, s'écria M. Smowle en hochant la tête, vous vous dérangez, mon garçon. Allez-vous, par hasard, prendre ma place, suivre mon exemple et devenir le vaurien de cet établissement? Cela ne me ferait pas grand bien et pourrait vous être très préjudiciable. Il n'a pas dit où il allait? il n'est pas revenu? Bien, bien, bien. Et qu'a dit Hampstead de cette nouvelle?

— Ce qu'il a dit? Il a paru très mécontent. M. Frodsham était présent quand on a rapporté la réponse et prétend que le patron était furieux.

— Aucune personne sage et honnête, reprit M. Smowle, ne pourrait voir un jeune homme abandonner ainsi le chemin de la vertu sans un sentiment douloureux. Danby, à l'inverse de moi, savait se rendre utile dans les bureaux.

— C'est justement ce qui fait enrager le directeur, dit Rumbold; il ferme les yeux quand l'un de vous se permet d'enfreindre légèrement les règles établies; mais il paraît qu'il avait tout particulièrement besoin de M. Danby aujourd'hui, je le lui ai entendu dire moi-même.

— Que lui voulait-il de si pressé?

— Le charger de la correspondance étrangère, pendant qu'il fait une courte absence. Il part ce soir pour Paris; vous voyez que j'avais bien deviné.

— Pour Paris? Y a-t-il quelque affaire importante?

— Je le croirais, d'après ce que je lui ai entendu dire, répondit Rumbold. Sans doute, quelque agent de change en fuite, ou menacé de faire faillite. Vous auriez une bonne occasion d'avancer, monsieur Smowle, si vous saviez parler français, du moins si M. Danby ne revient pas.

— Parlez-vous français? demanda M. Smowle en écorchant quelques mots de cette langue. Hélas! mes connaissances sous ce rapport sont terrible-blement limitées, puisque je n'ai fait d'études que pendant les quinze jours que j'ai passés à Boulogne; je crois vraiment que j'aurais quelque peine à rédiger une correspondance en français. »

La journée se passa; le soir arriva, et, de tous les employés de la banque, bien peu donnèrent une pensée à leur camarade absent. Le directeur resta tard dans son cabinet, se fit servir à dîner à la banque (chose inouïe), et à sept heures fit chercher une voiture par Rumbold.

Quand le concierge vint avertir que le cocher était à la porte, il voulut descendre la valise de son maître, mais M. Heath la prit lui-même à la main.

« Merci, Rumbold, je puis très bien la porter moi-même; faites-moi le plaisir de me chercher l'adresse de M. Danby, et donnez-la au cocher. Je voudrais savoir, avant de partir, si l'on n'a pas eu de ses nouvelles. »

Quand Rumbold apporta l'adresse, M. Heath

était déjà dans la voiture, sa valise à côté de lui.

Mme Wilkins, l'hôtesse chez laquelle demeurait M. Danby, fut médiocrement satisfaite quand la bonne à tout faire vint lui dire qu'un homme demandait à lui parler au sujet de M. Danby. Mais quand, en émergeant du sous-sol, elle se trouva en présence de M. Heath, elle fut vivement impressionnée par ses manières distinguées et hautaines. Quand elle lui dit qu'elle n'avait rien appris sur le sort de son locataire, il parut très peiné; il lui expliqua alors qu'il était le directeur de la banque dans laquelle M. Danby était employé et quel cas il faisait de ce jeune homme.

Enfin il la quitta en exprimant l'espoir que, lorsqu'il reviendrait de Paris, l'absent aurait repris possession de son petit logement.

M. Heath se fit conduire à Charing Cross, y prit un billet pour Douvres, traversa la Manche, prit le chemin de fer du Nord et arriva sans encombre à Paris. Il portait sa valise avec le nom peint dessus : « *Studley* », fort en évidence; quand on lui demanda son nom, à Calais, il répondit sans hésiter : Studley, et, si on l'avait prié d'exhiber son passeport, ce même nom y aurait été trouvé inscrit.

CHAPITRE VIII

UNE RÉVÉLATION

Pendant que le plus jeune et le plus hardi des malfaiteurs dormait paisiblement pendant la nuit qui suivit le crime, son complice, quoique endurci par des années de désordre et d'infamie, ne pouvait étouffer sa conscience et trouver le moindre repos. Ce fut en vain que le capitaine Studley, étendu sur un fauteuil, dans la chambre de sa fille, chercha le sommeil; si par moments il parvenait à s'assoupir, il était réveillé en sursaut par un cri perçant qui résonnait à ses oreilles; il regardait effaré autour de lui : tout était tranquille. Anne, sous l'influence du soporifique, ne faisait pas un mouvement; ses paupières étaient fermées, sa respiration régulière, son visage calme. Au dehors, aucun bruit ne troublait le silence de la nuit, et Studley, après s'être assuré qu'il n'y avait aucune cause d'alarme, se réinstallait dans son fauteuil, s'enveloppait dans sa robe de chambre et recommençait un sommeil interrompu bientôt par de nouvelles terreurs.

Dès quatre heures, il reconnut l'inutilité de ses efforts pour chasser loin de son souvenir les différentes scènes du drame de la veille, qui revenaient obstinément défiler devant lui; il ne pouvait pas se rendre bien compte des impressions qui l'agitaient; mais la sueur lui coulait au visage, et il aurait voulu se débarrasser d'une angoisse mortelle qui l'étreignait. Il croyait entendre monter l'escalier, et, sans savoir pourquoi, il alla jusqu'à la porte en s'accrochant aux murs et poussa les verrous.

Après cette longue nuit d'angoisses et d'agonie morale, il tomba enfin dans un sommeil lourd et profond, dont il ne sortit que lorsque la sonnette résonna avec violence.

Au premier moment, il ne comprit pas où il se trouvait; l'instant d'après, la mémoire lui revint; il se dit qu'on s'était aperçu de la disparition de Danby et que la justice venait faire une perquisition chez lui. Une seconde réflexion dissipa cette crainte, et quand la sonnette retentit de nouveau, après s'être assuré qu'Anne dormait toujours, Studley descendit l'escalier. Il jeta un regard furtif dans la salle à manger, dont la porte était ouverte, et, traversant le jardin, il alla ouvrir la porte. C'était la domesti-

que qui venait demander des nouvelles de Mlle Studley et prévenir que sa mère ne pourrait venir qu'à
midi. Le capitaine lui répondit que, grâce à une
potion calmante, Mlle. Studley dormait encore, et
que Mme Marks serait la très bienvenue, aussitôt
qu'elle pourrait venir prendre son poste de garde-
malade, mais qu'il serait bien reconnaissant si en
s'en allant elle voulait aller chez le docteur Blatherwick et lui demander de passer chez le capitaine; puis il la congédia et revint à la maison.

« Il est dix heures et demie, dit-il en consultant
sa montre. Blatherwick sera parti pour faire sa
tournée et ne reviendra qu'après midi; j'aurai donc
tout le temps voulu pour faire entendre raison à
Anne avant qu'il arrive. Elle dort bien longtemps;
j'espère pourtant que Heath n'a rien mis dans cette
potion! Non, impossible, puisqu'il en a goûté lui-
même devant moi! Si elle ne se réveille pas bientôt
d'elle-même, il faudra que je la réveille; il est très
important de m'assurer de ce qu'elle a vu et de ce
qu'elle compte faire. Il faut à tout prix savoir à
quoi nous en tenir. Maudit cottage, va! j'ai eu dès
l'abord un pressentiment qu'il me porterait malheur! Cette espèce de cloaque sombre, humide,
glissant, enseveli sous tous ces grands arbres, me
faisait l'effet d'un caveau funéraire; je ne croyais
pas que cette crainte devînt aussi vite une réalité. Heath me dominait alors, comme il le fait tou-

jours, et je crois sans peine, comme il le dit, que
nous ne pourrions trouver un endroit plus re-
tiré et plus propice... Espérons que notre tranquillité durera encore quelques jours. L'empor-
tement de cet homme a renversé en quelques
secondes le plan si savamment combiné depuis
tant de mois ! »

A ce souvenir, le capitaine tapa du pied avec
fureur, en se disant que, vingt-quatre heures auparavant, tout l'or et les bijoux étaient en sa possession et que, sans faire la moindre objection, il s'était
laissé dépouiller. Peu lui importait dans ce moment
d'être du moins innocent du sang versé, il ne se
souvenait que d'une chose : Heath avait profité de
son trouble pour arracher son consentement et
emporter leur butin, si chèrement acquis. Où le dé-
poserait-il ? Il ne le savait pas encore, ne le saurait
peut-être jamais, et en tout cas ne serait plus le
gardien de ce trésor.

Mais c'était une chose faite ; il n'y avait pas à y
revenir, se disait-il en remontant l'escalier.

Tout était encore tranquille dans la chambre.
Cette potion était évidemment trop forte ! Non, car,
au moment où il s'approcha du lit de sa fille, elle
ouvrit lentement les yeux et les fixa sur lui.

Pas de frémissement ni de tressaillement, pas un
mouvement des paupières. Une légère rougeur lui
monta aux joues et se dissipa presque aussitôt. Elle

restait sans bouger, mais éveillée, et regardait son
père.

Il se sentait mal à l'aise sous ce regard inquisiteur.

« Vous êtes enfin réveillée, Anne, dit-il en se
penchant sur elle; comment vous sentez-vous? Vous
avez dormi bien longtemps.

— Je suis très bien, merci! répondit-elle de sa
voix claire et calme. Ai-je vraiment dormi si longtemps?

— De longues heures, répondit le capitaine, mais
vous en aviez besoin. Savez-vous que vous avez été
malade, Anne?

— Non, je ne le savais pas, je ne le crois pas, et
cependant, ajouta-t-elle tout bas, je sais tout ce qui
est arrivé, je me souviens de tout. »

Quand il entendit ces mots, le capitaine se redressa et ferma la porte. Alors, reprenant sa première position, réprimant avec peine son anxiété,
et faisant tous ses efforts pour raffermir sa voix :

« Je ne sache pas qu'il soit arrivé quelque chose
d'extraordinaire, Anne, dit-il; vous avez été malade
et je crois que vous êtes encore sous l'influence de
la fièvre. »

Elle se souleva sur son coude, et, se penchant vers
lui, elle dit à voix basse :

« Avais-je déjà la fièvre quand, appuyée contre
la fenêtre, j'ai vu M. Heath enfoncer son poignard
dans le cœur de Walter Danby, pendant que vous

le regardiez faire ! J'ai assisté à ce lâche, à ce cruel assassinat, mon père, et je ne me rappelle plus rien à partir de ce moment ; peut-être ai-je été malade, comme vous le dites. Je ne sais pas quel jour nous sommes, ni combien de temps s'est écoulé depuis mon évanouissement ; mais je suis sûre que j'ai assisté à un assassinat et que je rends grâces à Dieu de m'avoir laissé la vie afin de pouvoir le venger.

— Chut, Anne ! s'écria le capitaine. Pour l'amour du Ciel, taisez-vous !

— Pour l'amour du ciel, dites-vous ? osez-vous invoquer le ciel, après avoir assisté à un pareil crime sans essayer de le prévenir ?

— Que pouvais-je faire ? Je ne pouvais pas... Mais de quoi parlez-vous donc ? murmura-t-il en changeant de tactique ; le délire n'a pas disparu, je le crains.

— Oh ! mon père, n'essayez pas de me dérouter. Si un ange du Ciel venait certifier qu'il n'y a pas eu un meurtre commis sous ce toit, ma conviction ne serait pas ébranlée. Tâchez plutôt d'atténuer le mal qu'a fait votre manque de caractère...

— Mon manque de caractère, Anne ?

— N'était-ce pas de la lâcheté ? Sans cela, ne vous seriez-vous pas mis entre cet homme sans défense et son assassin ?

— Cela a été fait avant que je pusse m'interposer.

Je ne me doutais pas de ce qui allait arriver, dit le capitaine, les yeux fixés à terre.

— Cela a été fait en un instant; mais cela n'en a pas moins été un meurtre, lâche, hideux, vil! s'écria la jeune fille en élevant la voix. Vous ne vous doutiez pas de ce qui allait arriver, dites-vous? Je le crois! Si je pouvais vous croire coupable, je demanderais à Dieu de me faire mourir. C'est une raison de plus pour que vous vous joigniez à moi pour dénoncer le coupable.

— Vous penseriez à faire cela, Anne?

— Et comment voudriez-vous que j'agisse? répondit Anne en s'asseyant sur son séant. Croyez-vous donc que je pourrais supporter la pensée que l'assassin de Walter Danby demeure impuni? Vous ne me connaissez pas encore, mon père, si vous vous imaginez que je suis calme et réservée et peu communicative, comme vous m'avez vue jusqu'ici? Vous vous trompez étrangement.

— Avez-vous songé aux conséquences que pourrait avoir la dénonciation dont vous parlez?

— M. Heath tenterait de m'assassiner, comme il a assassiné Walter Danby! mais là du moins vous vous interposeriez, je pense, non que je le craigne, cria-t-elle plus fort, et s'il est ici, s'il tente de me voir, je lui répéterai exactement ce que je viens de vous dire!

— Mais une dénonciation de Heath entraînerait

d'autres conséquences que celles dont vous venez de parler. Heath n'est pas ici, et vous ne le reverrez jamais, du moins je l'espère.

— Je le verrai sur le banc des assises, et ma déposition contribuera à sa condamnation.

— Alors vous voulez perdre votre père du même coup, dit Studley en la regardant en face. Il faut envisager cette éventualité, Anne.

— Vous, mon père? Vous n'avez pas aidé au crime, si vous ne l'avez pas empêché !

— Si vous connaissiez les lois, vous sauriez que je n'en serais pas moins passible de la peine de mort, puisque le crime s'est passé dans ma maison et sous mes yeux. Il faut que vous sachiez ce qui m'attend avant de faire votre démarche.

— Mais, mon père, moi qui ai été le témoin de cette scène effroyable, moi qui ai tout vu, je proclamerais votre innocence ; je dirai que lui seul...

— Écoutez-moi, Anne ; il faut que toutes ces histoires finissent, » s'écria Studley en frappant sur la table avec violence.

La jeune fille regardait avec stupeur ses sourcils froncés, ses dents serrées.

« J'ai quelque chose à vous dire, continua-t-il, et je crois le moment venu de le faire. Il faut que vous le sachiez tôt ou tard, et peut-être vaut-il mieux que vous l'appreniez de ma bouche que de celle d'un étranger. Nous avons bien peu vécu ensemble ; mais, si je

l'ai voulu ainsi, c'est autant par égard pour vous
que par calcul de ma part. Par ces mêmes raisons,
vous savez que je ne voulais vous laisser faire ici
qu'un fort court séjour, et à l'avenir, comme dans le
passé, séparer tout à fait nos existences l'une de
l'autre. Ce qui vient de se passer doit nécessairement
modifier nos plans, et ce que nous deviendrons l'un
et l'autre m'est encore inconnu. Mais il faut que
vous sachiez qu'en dénonçant Heath vous me dé-
noncez aussi, et, quoiqu'il soit parfaitement vrai que
je suis innocent de ce dernier crime, je suis tellement compromis dans beaucoup d'autres que je
suis entièrement à sa merci.

— Vous, mon père ! murmura-t-elle en retombant sur son coussin. Vous, compromis dans d'autres
crimes ! »

L'horreur qui se peignait sur les traits d'Anne
semblait peu impressionner son père ; il reprit d'un
air fanfaron :

« J'aurais voulu vous cacher ce fait, mais je ne
l'ai pas pu, et il vaut autant que vous sachiez la
vérité tout entière. Oui, ajouta-t-il en voyant l'effroi de sa fille, le fait est vrai et l'a été depuis de
longues années.

— Oh ! mon père ! vous dites cela pour m'éprouver ?
Je suis faible, bien plus faible que je ne le croyais.
Epargnez-moi, je vous en supplie.

— Si je parle, c'est pour que *vous* ayez pitié de

moi ! s'écria Studley avec une brutale franchise. On
vous a élevée avec la pensée que vous aviez un père ;
mais vous ne saviez rien sur mon compte ; on ne
vous avait pas dit quelles étaient mes ressources, et
pour la meilleure des raisons : c'est que personne ne
le savait que moi, et alors je ne voulais pas vous
faire mes confidences. On m'a donné le conseil aussi
de quitter l'armée, et j'ai donné ma démission avant
d'être chassé du corps.

On avait beaucoup joué au régiment, et j'avais eu
un bonheur insolent, si insolent que des bruits fâ-
cheux circulaient sur mon compte, et, après une
entrevue orageuse avec le colonel, je crus prudent
de démissionner. Votre mère vivait encore à cette
époque, et je compris qu'elle avait découvert la vérité, bien qu'elle ne m'en parlât jamais. D'autres
personnes, moins intéressées qu'elle à me ménager,
ébruitèrent cet épisode, et le monde me tourna
bien vite le dos. Peut-être, si l'on n'avait pas été
aussi sévère pour moi à ce moment-là, aurais-je
pu encore être sauvé. Votre mère, sans m'imposer
en rien sa volonté, faisait tout son possible pour me
ramener dans le droit chemin. Quand je vis que
j'étais repoussé de la bonne société, mis au ban de
l'opinion publique, montré au doigt comme un li-
bertin et un joueur... oh ! vous pouvez bien baisser la
tête... je me dis qu'autant valait mériter tous ces
titres et du moins en retirer tout le profit possible.

Ce n'est pas une belle histoire que la mienne, ni bien variée non plus. Je conservai du moins les apparences, tant que votre mère vécut ; mais, quand je l'eus perdue, je mis ma gloire à faire parler de moi ; je m'associai avec un homme qui tenait une maison de jeu à Paris, puis à Bruxelles, et sus toujours m'arranger de manière à échapper à la justice. »

La voix du capitaine avait un ton triomphant en racontant ses exploits, et il était si préoccupé de son récit qu'il ne voyait pas Anne qui cachait son visage, rouge de honte.

« Ce fut justement à cette époque, continua-t-il, que je fis la connaissance de Heath, et je ne tardai pas à me convaincre que, quelle que fût mon habileté, j'avais trouvé mon maître. J'étais le plus âgé des deux, mais ce fut bien vite lui qui me prit tout à fait sous sa domination. Depuis des années, j'ai été plus son âme damnée que son complice, obéissant à ses ordres, son esclave en un mot. C'est lui qui m'a forcé à prendre cette maison-ci ; c'est lui qui voulait que vous fussiez gouvernante, afin que votre présence ici ne vînt pas troubler ses opérations.

— Serait-il donc impossible de rompre les liens qui vous attachent à lui ? demanda Anne.

— Tout à fait impossible, et maintenant plus que jamais. J'aurais voulu me libérer depuis longtemps, mais je n'ai pas su en trouver le moyen. Je suis lié à cet homme corps et âme. S'il tombe, je tomberai! Et, maintenant que vous connaissez la situation, voulez-vous encore le dénoncer? »

Il y eut quelques instants de silence, puis Anne reprit d'une voix brisée :

« Non, mon père ; après ce que vous venez de me dire, je renonce à ma vengeance. M. Heath n'a plus rien à craindre de moi.

— Vous parlez avec une sagesse et une prudence remarquables, Anne, dit le capitaine en posant la main sur la tête de sa fille.

— Ne me touchez pas! s'écria-t-elle en frissonnant. Je... je ne voudrais pas; mais je me sens faible et énervée. Ce que vous m'avez avoué m'a complètement anéantie. Je savais, ou du moins j'avais deviné que votre vie avait été agitée ; mais je n'avais jamais abordé la pensée que vous fussiez un criminel dans toute l'acception du mot. Je ne puis me représenter ce que sera la vie pour moi à l'avenir.

— Par ménagement pour vous, je voulais garder encore le silence, mais les circonstances m'ont forcé à le rompre ; je ne pouvais vous cacher plus longtemps que mon sort était si intimement lié à celui de Heath, que le dénoncer c'était me perdre. Je comprends votre horreur à la vue de son crime ; j'en ai moi-même été épouvanté, et je l'en aurais détourné si je l'avais pu. Mais il n'y avait pas à re-

culer, et maintenant il faut du moins en tirer le
meilleur profit possible.

— J'obéirai à tous vos ordres, répondit Anne ; la
seule chose que je vous demande, c'est de m'épargner la vue de cet homme.

— Vous ne le verrez pas, ma chère, dit Studley
sans hésiter ; il est parti et même pour un certain
temps, et, quant à mes « ordres », ils ne seront pas
bien difficiles à exécuter. Jeanne est retournée chez
elle ; je lui ai dit que vous aviez la fièvre ; elle a
craint la contagion et doit nous envoyer sa mère
comme garde ; j'ai fait prévenir le médecin, aux
yeux duquel vous devez faire la malade.

— Je comprends ; désormais ma vie sera un tissu
de mensonges et de tromperies ; je saurai jouer mon
rôle.

— Vous ne pourriez avoir une mine qui secondât
mieux nos projets, reprit le capitaine après l'avoir
examinée. Pâle, languissante, distraite, justement
ce qu'il faut. Je n'ai pas besoin de vous recomman-
der de peu parler, car vous êtes d'ordinaire peu ex-
pansive, et, quand on vous questionnera, répondez
évasivement..., que vous avez la tête chaude, une
fatigue générale, une grande prostration, enfin tout
ce qui pourra dévoyer le docteur.

— Je sais ce que vous voulez dire ; et, dans ce cas
du moins, je n'aurai pas à dissimuler.

— On sonne ! s'écria le capitaine. C'est la garde

sans doute ; vite, un dernier mot. Ne la laissez sortir de votre chambre sous aucun prétexte. Il est
essentiel qu'elle n'aille pas fouiller dans la maison,
comme ce genre de personnes le font à l'ordinaire.
Je serai en bas, et j'entendrai bien si elle veut descendre ; mais il vaut mieux que vous l'en empê-
chiez. La sonnette encore! Il faut que j'ouvre. N'oubliez pas mes recommandations. »

Il ne fallait pas une grande habileté pour tromper
la garde, une bonne vieille femme qui appelait
Anne « ma chère »' et croyait que ses fonctions
consistaient surtout à faire du gruau et à dormir
dans un fauteuil. Elle possédait une puissance de
sommeil incomparable, et même lorsque debout,
près du fourneau, on croyait toutes ses facultés
concentrées sur la tisane qu'elle préparait, elle
s'endormait, cuillère en main, jusqu'à ce qu'une
circonstance fortuite vînt la réveiller.

Sa fille lui avait parlé de Anne comme d'une
douce et charmante maîtresse ; aussi, quand la
vieille femme parvenait à se tenir éveillée, elle soi-
gnait sa malade avec une sollicitude maternelle, et
la pauvre Anne, agitée et malheureuse, trouvait
une vraie consolation à regarder cette vieille figure
ridée et calme et à entendre cette voix affectueuse.

Dans l'après-midi, le docteur Blatherwick fit son
apparition au cottage. C'était un petit homme,
court et replet, toujours habillé de noir, quand il

faisait sa tournée professionnelle, avec une chaîne d'or et de nombreuses breloques qui faisaient ressortir l'austérité de sa toilette ; mais, quand il rentrait au logis, il endossait un vieux costume de coutil, se coiffait d'un large panama et passait des heures entières la ligne à la main, au bord de la rivière.

Le docteur Blatherwick se croyait une spécialité, celle d'aliéniste, et il avait persuadé une famille du voisinage de lui confier un infortuné garçon, plutôt idiot que fou, sur lequel il voulait essayer son traitement. Ce traitement consistait surtout, disait-il, à diriger son malade, par la puissance de son regard, et, comme il avait à faire à une nature essentiellement douce et timide, il avait complètement anéanti toute volonté chez cet enfant et le dirigeait à sa guise ; le docteur, fier du résultat de son expérience, continuait à essayer sur ses autres patients son pouvoir fascinateur et assurait qu'il ne se trompait jamais dans son diagnostic.

« Ah ! ah ! dit-il en penchant sa tête de côte comme un oiseau, quand on le conduisit près du lit d'Anne, qu'avons-nous ici ? La peau sèche, les yeux humides, les joues empourprées, les lèvres fiévreuses ! Impossible de me prononcer sur le genre de fièvre, ce sera pour ma prochaine visite.

— Vous trouvez aussi qu'elle a de la fièvre, comme je le pensais, docteur, dit le capitaine ; il lui faut une grande tranquillité, je suppose ?

— Aussi complète que possible ; du repos, de l'eau d'orge, du pain grillé sans beurre, si elle demande quelque chose à manger, et une potion que je vous enverrai. Quant à la cause de cette indisposition, vous ne pouvez rien me dire, puisqu'elle ne faisait que d'arriver dans le pays. D'où venait-elle ? d'Hampstead ? Alors tout est expliqué ; le passage d'un air sec et vif à un climat mou et humide suffit pour expliquer une maladie. Rassurez-vous, il n'y a rien à craindre, pas de danger pour le moment ; je reviendrai demain. Adieu, capitaine ! Nous espérons bien que vous nous ferez une conférence l'hiver prochain. Charmé de vous avoir vu ! adieu ! »

Et le petit docteur courut reprendre son panama et sa ligne.

Le capitaine s'occupa toute l'après-midi au rez-de-chaussée de la maison. Il tria et lut une grande quantité de papiers et en brûla beaucoup. Il examina son fusil et ses filets de pêche, graissa ses bottes de chasse, fit une revue générale de ses lignes et de ses fouets, en un mot mit sa tanière en ordre. Ses occupations ne le conduisirent pas à la salle à manger ; il évitait cette pièce et mangea, dans la cuisine, le dîner qu'il s'était préparé lui-même. La salle à manger était fermée quand le docteur voulut y entrer pour écrire son ordonnance, et Studley le conduisit dans son cabinet, où, disait-il, on trouverait plus facilement du papier et de l'encre.

Quand M. Blatherwick eut fait sa seconde visite, qui ne fut pas plus décisive que la première, le capitaine le reconduisit jusqu'à la porte, qu'il verrouilla soigneusement, puis il monta dans la chambre de sa fille et déclara son intention de la veiller; en vain la garde se déclara-t-elle prête à passer la nuit près de sa malade; le capitaine n'y voulut pas consentir, lui disant qu'il fallait ménager ses forces, au cas où la maladie serait longue, et l'engageant à aller se coucher dans la chambre que Jeanne avait occupée jusqu'alors.

Quand elle se fut retirée, M. Studley approcha sa chaise du lit et dit à voix basse :

« Vous avez très bien joué votre rôle, ma chère, très bien, en vérité; mais demain il faut être plus malade; comme il est nécessaire que vous restiez au lit quelques jours, il faut que vous accusiez des souffrances plus intenses. Il faut un peu plus d'agitation; peut-être un peu de délire ne ferait pas mal; nous avons de la chance d'être tombés sur une garde et sur un médecin aussi stupides l'un que l'autre, qui se laisseraient mettre dedans par le premier venu.

— Je vous obéirai, répondit Anne, quoique vous ne vous rendiez peut-être pas compte de la difficulté qu'il y a à jouer ainsi la comédie. Pendant que je suis là couchée, en apparence inerte, mon cerveau est en feu. Tout ce que j'ai vu, tout ce que vous m'avez dit, tout ce que je redoute pour l'avenir, se presse devant mes yeux, et parfois il me

semble que je vais perdre la tête! Mon père, aidez-
moi à sortir de cette fournaise! ayez pitié de moi!

— Chut, Anne! parlez plus bas; ces vieilles femmes ont parfois les oreilles si fines! Je ne vois pas
comment je pourrais vous aider ni vous délivrer
de vos hallucinations!

— En m'emmenant loin, bien loin de ce lieu
maudit! Partons tout de suite; fuyons vous et moi
à l'autre bout du monde, hors des atteintes de cet
homme, assez loin pour l'oublier! Père, ne consen-
tirez-vous pas à m'emmener d'ici?

— Cela pourra peut-être se faire, Anne; mais je
ne puis prendre un semblable parti sans y bien réfléchir; je n'ai pas de raison pour me séparer de
Heath..., du moins pour un certain temps.

— Pour toujours, mon père; votre plus ardent
désir devrait être de ne jamais le revoir!

— Peut-être avez-vous raison, Anne, et j'y réflé-
chirai certainement. Essayez maintenant de dormir,
ma chère; vous avez eu une longue et pénible
journée à traverser. »

« Ce qu'elle demande est tout à fait impossible,
murmura le capitaine lorsqu'il se fut assuré qu'Anne
était endormie, brisée par la fatigue; je ne puis
songer à bouger d'ici. Si, après s'être aperçu de la
disparition de Danby, on a quelques indices qu'il
se soit dirigé vers cette maison, ce n'est qu'en y
restant que je puis détourner les soupçons. »

CHAPITRE IX.

ACTIF ET INTELLIGENT

Pendant deux jours entiers, il ne survint aucun changement dans l'intérieur du cottage de Loddonford, sauf que la maladie, simulée au premier moment, devint réelle. L'effroyable angoisse morale qui pesait sur la pauvre Anne amena une vraie fièvre, bénigne à la vérité, mais qui suffit à exciter toute la sollicitude du capitaine. Il la veillait lui-même, ne s'éloignait de son chevet ni jour ni nuit, craignant qu'une parole inconsciente vînt révéler le drame auquel la pauvre enfant avait assisté. Mais, malgré ses souffrances et les tortures qu'elle subissait, Anne conserva toujours assez sa présence d'esprit pour ne pas se trahir; en sorte que ni le docteur, qui venait deux fois par jour, parce qu'il était vraiment inquiet, ni la garde, n'entendirent jamais un mot compromettant.

Le capitaine avait un second sujet de très sérieuse préoccupation. Enfermé dans le cottage, qu'il n'osait pas quitter, il ignorait tout à fait ce qui se passait dans le monde. Il ne savait pas ce que Heath était devenu, ni ce qu'on disait de l'absence prolongée de Danby. Les journaux n'en disaient rien.

Enfin, le jeudi matin, le facteur lui remit une lettre dont l'adresse avait été écrite par une main de commis : une écriture ronde, régulière, soigneusement peinte sur du gros papier bleu, avec l'entête de la maison Middleham, et simplement signée par Georges Heath. Voici ce qu'elle contenait :

« Maison de banque Middleham et Cⁱᵉ, mercredi soir.

« Cher monsieur, j'apprends à mon retour de Paris, où je viens de passer quarante-huit heures pour une affaire importante, que le jeune M. Walter Danby, un des employés de la maison, que je croyais malade au moment de mon départ, n'a pas reparu. Depuis lors des informations prises à la pension de M. Danby, il résulte qu'il est sorti dimanche dernier sans indiquer où il allait et qu'il n'est pas rentré. La conduite de M. Danby ayant toujours été parfaitement rangée et régulière, je commence à être sérieusement inquiet de cette absence prolongée. Comme je me souviens que vous étiez en relation avec M. Danby, je prends la liberté de vous

demander si vous pourriez me donner quelque in-
dication que je transmettrais à la police, entre les
mains de laquelle j'ai cru devoir remettre cette affaire. S'il vous est possible de nous être utile, veuillez, je vous prie, passer à mon bureau vendredi
entre dix heures et trois heures, et je vous mettrai au
courant de ce qui aura été fait et des mesures prises. Je suis, mon cher monsieur, votre obéissant
serviteur.

« GEORGES HEATH. »

Le capitaine posa la lettre avec un sentiment
d'intime soulagement. « Jusqu'ici, tout va bien, dit-il.
Quel habile homme que ce Heath! Voici une lettre
écrite par un commis, dont il sera pris copie comme
de toutes celles qui sortent de la banque, et néanmoins elle me donne tous les renseignements dont
j'avais besoin. Il sait très bien que je ne compte pas
m'éloigner d'ici, même pour un quart d'heure, et
il ne le voudrait pas non plus, et il faut que je le
lui fasse savoir dans un style d'affaires aussi mesuré
que le sien.

M. Studley rentra dans son cabinet et écrivit :

« Loddonford, jeudi.

« Cher monsieur, je viens de recevoir votre lettre
datée de hier au soir, qui m'a causé une vive surprise et ne laisse pas que de m'inquiéter, M. Danby

m'ayant inspiré une sincère affection. Malgré
mon désir de vous être utile dans cette circonstance, il m'est impossible de me rendre à Londres,
à cause d'une maladie grave de ma fille, que je ne
puis quitter d'une minute. Si donc vous aviez besoin
de me voir ou de causer avec moi, il faudrait que
vous ou quelqu'un à votre place vînt jusque chez
moi, où vous êtes sûr de me trouver à toute heure
du jour. J'ajouterai, toutefois, que je ne pourrai
pas vous donner d'indications sur la disparition
mystérieuse de M. Danby, n'ayant eu aucun rapport avec lui depuis environ trois semaines.

« Je suis, monsieur, avec les sentiments que vous
avez su m'inspirer, votre dévoué serviteur.

« EDOUARD STUDLEY. »

« Et maintenant, dit le capitaine en cachetant sa
lettre, maintenant préparons-nous pour cette visite.»

A midi, le lendemain, un coup de sonnette vigoureux retentissait à la porte; le capitaine ouvrait en
personne et se trouvait en présence de Heath et d'un
homme de taille moyenne, le visage soigneusement
rasé, aux yeux perçants et froids, dans une toilette
soignée.

— Ah! monsieur Heath! Je suis bien aise de
vous voir, dit M. Studley, prenant un air de joyeuse
surprise et serrant la main de son ami. Vous voyez
que je suis mon propre portier, comme du reste je

représente pour le moment le sommelier, la cuisinière et la femme de chambre tout ensemble. Dès que ma pauvre enfant a été prise par cette mauvaise fièvre contagieuse, la domestique nous a quittés, et je n'ai qu'une vieille garde pour me venir en aide.

— J'ai été très peiné d'apprendre par votre lettre que Mlle Studley était malade, répondit Heath, dont le ton calme et froid contrastait avec la volubilité du capitaine; j'espère que son état ne s'est pas aggravé. Dans toute autre circonstance, je vous aurais épargné ma visite; mais l'affaire dont je vous ai parlé dans ma lettre prend de jour en jour des proportions plus sérieuses, et il faut que l'enquête commencée se poursuive sans perte de temps. Monsieur que voici est le sergent Francis, commissaire de police.

— Enchanté de faire la connaissance de monsieur Francis, dit Studley en s'inclinant. Veuillez entrer tous les deux. Nous avons aujourd'hui une bien belle matinée, après les brouillards des jours derniers. Les bords de la Tamise sont charmants en été, monsieur Heath; mais j'avoue qu'en hiver j'aimerais mieux Londres ou Paris.

— Votre jardin ressemble à un labyrinthe, monsieur, dit le commissaire en jetant les yeux autour du jardin; votre jardinier a donc pris la fuite comme vos autres domestiques?

— Non, répondit le capitaine avec un léger frisson qu'il attribua à la fraîcheur du matin, non; cette propriété ne m'appartient pas; je ne m'y étais installé que provisoirement, et je l'aurais même déjà quittée sans la maladie de ma fille. Voudrez-vous bien entrer ici? C'est mon cabinet, où nous trouverons tout ce qu'il faut pour écrire, si vous en en avez besoin. Puis-je vous offrir un verre de malaga, monsieur Heath? Non? Mais vous, monsieur, voudriez-vous accepter quelque chose?

— Non, monsieur, je vous remercie. »

M. Heath prit alors la parole :

« Après ce que vous me disiez dans votre lettre, capitaine, je n'aurais pas cru nécessaire de vous déranger; mais M. Francis a été d'un autre avis; aussi vais-je le laisser lui-même vous poser les questions qu'il croira convenables.

— J'ai cru comprendre, d'après ce que M. Heath m'a dit, poursuivit le commissaire, que vous ne pouviez nous donner aucun renseignement sur la disparition de M. Danby, parce que vous n'aviez pas vu ce jeune homme depuis trois semaines?

— En effet, répondit le capitaine.

— Le motif qui m'amène chez vous, monsieur, vous sera suffisamment expliqué, quand je vous dirai que j'ai été prévenu que Mlle Studley pourrait nous donner quelques éclaircissements, quant aux mouvements de M. Danby.

— Comment! s'écria M. Studley, tout étonné, ma fille en saurait quelque chose?

— Mlle Studley le peut; elle est votre fille, à ce que je crois?

— Pouvez-vous m'expliquer comment elle se trouve impliquée dans cette affaire? Une pareille assertion me paraît aussi absurde qu'inconvenante, car, autant que j'en puis savoir, elle n'a vu M. Danby que quelques fois, tout à fait en passant, quand il venait ici

— Vous faites erreur, monsieur, à moins que je n'aie moi-même été trompé; car, de mes informations personnelles, il résulte que M. Danby et Mlle Studley s'étaient connus à la villa Chapone, à Hampstead, pensionnat de demoiselles, dirigé par les demoiselles Griggs.

— Vous me confondez, s'écria le capitaine; je n'en avais nulle idée.

— Pas plus que de ce qui va suivre sans doute? continua M. Francis. Mon second renseignement me dit que M. Danby et Mlle Studley s'aimaient, et qu'elle l'attendait le jour même où il a disparu.

— Comment! s'écria le capitaine avec une colère parfaitement simulée. J'espère pour vous, monsieur, que vous avez les preuves de ce que vous avancez, car vous regretteriez les paroles que vous venez de prononcer. Qui vous a donné ce précieux indice?

— J'y suis arrivé, monsieur, répondit le commissaire sans paraître surpris, en étudiant des papiers que j'ai trouvés dans le secrétaire de M. Danby. C'était un brouillon de lettre, corrigé et raturé, mais assez lisible pourtant pour établir le fait que je viens de vous signaler. Comme c'était un brouillon, il n'y avait pas d'adresse, mais sur un papier buvard, on voyait une empreinte parfaitement distincte aves ces mots : « Mademoiselle Studley, Lod- « donford, Berks. » Je ne puis pas déduire de là une assurance positive ; mais du moins y a-t-il de fortes présomptions en ma faveur. Je n'ai pas l'habitude d'avancer des faits avant d'en être sûr. »

Le commissaire était blessé; Heath fronçait les sourcils, et le capitaine sentait qu'il faisait fausse route.

« Que désirez-vous savoir, monsieur? dit-il d'un ton radouci.

— Je voudrais voir mademoiselle Studley et lui poser quelques questions, la rassurant sur les conséquences que pourraient avoir ses aveux.

— Je comprends cette délicatesse, interrompit Heath; reste à savoir si vous pouvez voir Mlle Studley?

— Pas dans ce moment du moins, je n'en prends pas la responsabilité, répondit le capitaine. Le docteur doit venir bientôt; je croyais même que c'était lui qui arrivait quand je vous ai ouvert. S'il vous autorise à voir sa malade, je ne m'y opposerai pas, quoiqu'à mon avis, dans son état actuel, il serait difficile de lui faire subir un interrogatoire, surtout sur un sujet qui, d'après le dire de M. Francis, devrait nécessairement l'agiter. Je crois qu'il serait de première nécessité de lui cacher les inquiétudes qu'on a sur M. Danby, car, si la supposition qu'elle l'aimait est fondée, une pareille secousse pourrait lui être fatale.

— Il me semble, d'après ce que vous dites de Mlle Studley, qu'elle est peu en état de..... » était en train de dire Heath, quand le capitaine s'écria :

« Voilà le docteur Blatherwick qui sonne; il vaut peut-être mieux que je ne le voie pas seul, afin d'éviter tout semblant de complicité dans cette affaire; monsieur Francis, auriez-vous l'obligeance d'aller vous-même lui ouvrir ? »

Au moment où le commissaire disparaissait dans le vestibule, Studley se tourna vivement vers Heath; celui-ci leva la main pour le rappeler à la prudence et murmura tout bas : « Tout va bien; aujourd'hui est le jour décisif. » Puis il s'approcha de la fenêtre, de manière à être vu par le docteur et le policier.

« Aurez-vous la bonté, docteur, de monter auprès de ma fille et de nous accorder cinq minutes d'entretien en descendant? » demanda le capitaine.

Personne ne parla pendant que M. Blatherwick allait chez sa malade; Heath regardait toujours dans

le jardin; le commissaire prit un journal, et le maître de la maison attisa le feu.

« Eh bien, docteur, dit-il quand le praticien descendit, quelles nouvelles nous apportez-vous ?

— Mlle Studley est à peu près dans le même état
qu'hier soir, très nerveuse et excitée; une crise est
imminente; dans quarante-huit heures seulement,
nous saurons à quoi nous en tenir.

— Je vous prie, docteur, reprit le capitaine, de
me dire, devant ces messieurs, si vous croyez que
dans ce moment ma fille soit capable de répondre
d'une manière sensée et raisonnable à un interrogatoire judiciaire ?

— Certainement non, mon cher monsieur. Si on
la soumettait à une pareille épreuve, je me lave
les mains des conséquences que cela pourrait avoir.
La moindre secousse morale dans ce moment pourrait être dangereuse au suprême degré et priver
ma cliente de sa raison, peut-être même de la vie.

— En êtes-vous bien sûr, docteur ?

— Parfaitement sûr, et je ne crains pas d'affirmer
que mon opinion serait celle de tous les médecins
que vous pourriez consulter. Vous n'avez rien d'autre à me demander ? Alors, bonjour, messieurs ! Je
reviendrai ce soir à l'heure ordinaire.

— Vous voyez que j'avais raison, dit Studley en
se tournant vers le commissaire, quand M. Blatherwick fut parti. Je savais que toute émotion

serait fatale à la malade. Je le regrette infiniment,
car, comme ancien serviteur de Sa Majesté, j'aurais
voulu faciliter les investigations de la justice ; mais
la Providence, dans ce cas-ci, est plus puissante que
la loi.

— Vous avez raison, monsieur ; vous avez fait
tout ce que vous avez pu, et, après la décision du
docteur, nous ne pouvons pousser notre enquête
plus loin. Quand Mlle Studley sera remise, comme
j'espère qu'elle le sera bientôt, vous voudrez bien
m'en avertir, et je reviendrai alors pour l'interroger.

— Certainement. Aussitôt que le docteur m'en
donnera l'autorisation, je vous écrirai.

— Rentrez-vous en ville avec moi, monsieur ?
demanda Francis à Heath.

— J'espère bien que non, interrompit le capitaine ; laissez-moi vous offrir à dîner ; ce sera un
acte de charité de votre part ; depuis quatre jours, je
ne vois que le visage amaigri de ma pauvre enfant
et sa vieille garde, qui n'est guère récréative. Je
suis harassé de fatigue et d'inquiétude.

— Je crois vraiment que je vais remplir ce devoir
de charité, dit Heath en souriant. Croyez-vous,
Francis, que nous puissions faire d'autres démarches aujourd'hui ? Si nous sommes condamnés à
l'oisiveté, autant vaut que je reste ici ; mais, si vous
trouvez un nouveau moyen à me proposer pour

arriver à percer ce mystère, venez me voir demain à mon bureau. »

M. Studley accompagna le commissaire jusqu'à la porte, qu'il referma soigneusement derrière lui; quand il revint, Heath était assis devant le feu, perdu dans ses réflexions.

« Eh bien, s'écria Studley, nous voilà débarrassés d'une fameuse épine, et nous pouvons causer sans crainte d'être entendus. Que pensez-vous de nos affaires ?

— Je ne puis rien vous dire, jusqu'à ce que j'aie vu cette lettre dont Francis nous a parlé. Alors seulement, nous saurons comment nous devons nous conduire.

— C'est ce que je pensais aussi ; mais comment nous la procurer ?

— Si Francis est dans le vrai, cette lettre est en effet une lettre d'amour; il y a tout à présumer que votre fille l'a conservée. Les jeunes filles gardent leurs premières reliques, jusqu'à ce que leurs illusions s'envolent. A-t-elle un pupitre, un bureau, quelque chose de ce genre ?

— Elle a un pupitre, qui est dans sa chambre et que je puis facilement emporter sans qu'elle s'en aperçoive.

— Allez-y tout de suite ; vous pouvez être sûr que la lettre s'y trouvera. »

En effet, la lettre y était, et, comme Anne dormait,

la soustraction fut aisée à faire. Heath la parcourut, puis la tendit à son compagnon.

« Le commissaire est plus habile que je ne le croyais, dit-il, pendant que son visage exprimait une certaine anxiété; c'est évidemment de ce document que Francis a trouvé le brouillon, et cela seul suffirait à nous faire pendre tous deux.

— Comment ! s'écria Studley, où voyez-vous ça ?

— Lisez ce paragraphe : « J'espère recevoir une « réponse de votre propre bouche. J'ai rendez-vous « à Loddonford à trois heures dimanche avec le « capitaine Studley ; je ne resterai pas longtemps avec « lui, car je sais qu'il sera très occupé ce jour-là. « Pouvez-vous m'accorder cinq minutes d'entretien « avant que je le voie, cinq minutes qui décideront « de tout mon avenir ? »

Quand Studley releva la tête, il était mortellement pâle, et sa voix tremblait quand il dit :

« Vous avez raison ! Notre sentence de mort est contenue dans ces quelques mots, mais nous pouvons détruire cette lettre !

— La lettre peut être brûlée, mais les faits n'en subsistent pas moins ; il doit y avoir quelques lacunes dans le brouillon ; sans cela, ce ne seraient pas des soupçons qu'aurait la justice, mais une certitude. Quant à la lettre, détruisons-la, ajouta-t-il en la jetant au feu ; mais nous n'avançons pas beaucoup nos affaires, car je sais comment ces limiers

de police poursuivent leur œuvre. Francis lira, relira
ce document jour et nuit, jusqu'à ce qu'il soit arrivé
à reconstruire toute la lettre, et, s'il y parvient, s'il
saisit un lambeau seulement de la vérité, on nous
confrontera avec votre fille, qui deviendra ainsi
notre accusatrice.

— Ma fille ! Anne ! s'écria le capitaine terrifié.

— Vous n'avez pas deux filles, que je sache, répondit Heath avec aigreur. En tout cas, il n'y en a
qu'une qui soit impliquée dans cette affaire. On
exigera une déposition sous serment, et vous voyez
d'ici quel en sera le résultat.

— Elle, elle fera son possible pour nous disculu-
per, murmura Studley, qui sentait ce mensonge lui
serrer la gorge.

— Croyez-vous ? Moi, j'en doute. Mais admet-
tons un instant cette hypothèse : elle nierait la vérité ; mais, quand on en viendrait à un interrogatoire circonstancié, croyez-vous qu'elle sache éviter
les pièges qu'on ne manquerait pas de lui tendre ?

— C'est une fille intelligente, et je ne doute pas...

— Intelligente ! c'est possible, du moins comme
le sont la plupart des femmes ; elle a même plus de
bon sens que les autres ; mais que lui servirait tout
cela, quand elle serait aux prises avec un habile
juge d'instruction ? Elle se contredirait et se com-
promettrait à chaque phrase, et, avant la fin de sa
déposition, nous serions jugés et condamnés.

— Le cas vous paraît donc sans espoir? balbutia le capitaine. Ne voyez-vous aucun moyen de nous tirer de là ?

— Oui, j'en connais un, un seul; à des maux désespérés, il faut des remèdes désespérés, et celui que je vais vous proposer ne peut être employé qu'à la dernière extrémité. Si votre fille dépose contre moi, je suis perdu. Il faut donc que ce soit moi qui la mette dans l'impossibilité de me nuire.

— Comment? s'écria le capitaine, dont le visage inspirait l'effroi et l'horreur, vous ne pourriez me proposer.....

— Asseyez-vous, vieux fou, répondit Heath en le rejetant sur sa chaise. Me prenez-vous pour une bête fauve, insatiable de sang? Mon projet n'est pas ce que vous imaginez, quoiqu'il soit aussi efficace. Avant que la justice soit sur la bonne trace, il faut que votre fille soit ma femme.

— Votre femme? Anne, votre femme? Même si nous pouvions l'y contraindre, je ne vois pas comment cela pourrait nous sauver.

— C'est pourtant possible, et cela sera, répondit Heath froidement. Vos connaissances judiciaires sont très bornées, si vous ignorez que ce mariage dérouterait complètement la justice, car la femme d'un accusé ne peut être interrogée ni par l'accusation ni par la défense, du moins dans notre pays. On pourrait la citer comme témoin, mais on ne pourrait se servir de sa déposition contre moi, et, sans son témoignage, il n'y a pas de preuves.

— Je ne doute pas que vous n'ayez raison, en ce qui touche le code, mais jamais nous ne pourrons amener Anne à y consentir.

— Il le faut bien pourtant, et cela sera, répéta Heath tranquillement. C'est la seule chance de salut qui me reste, et j'en profiterai. Votre fille sera ma femme, et sans tarder, entendez-vous? Je songe à mon salut dans ce moment, car je sais bien que vous pourriez vous sauver, lors même que votre fille m'accuserait ; mais, si vous vous flattez d'une pareille espérance, vous vous trompez étrangement. Une fois ma femme, quoi qu'il arrive, ses lèvres sont scellées, et il n'est plus en son pouvoir ni au vôtre de me perdre. Vous n'avez donc pas le choix, et il faut que vous preniez des mesures immédiates pour atteindre mon but.

— Elle ne voudra jamais, elle préférera mourir.

— Oh ! non, détrompez-vous, dit Heath sans s'émouvoir. Elle le dira peut-être, mais ne le fera pas. Il faut lui laisser croire que votre propre sûreté dépend de son consentement prompt et entier. Il n'y a rien de surprenant à ce qu'une promesse de mariage ait été dès longtemps échangée entre votre fille et un de vos amis. Cela servira même à expliquer nos rapports d'intimité et sera une sauvegarde contre les soupçons.

— Mais la lier à vous pour la vie, à vous dont elle connaît le caractère, à vous qu'elle a reconnu dans cette fatale soirée! Comment serait-il possible qu'elle acceptât un sort pareil?

— Cela vous regarde; arrangez-vous comme vous voudrez; je ne m'en mêle pas. Vous pouvez faire les conditions que vous voudrez : qu'il soit bien entendu que je l'épouse simplement pour me mettre à l'abri, que je n'ai pas la moindre affection pour elle, qu'elle sera aussi libre que bon lui semblera, quand une fois le danger sera passé et les apparences sauvegardées; mais, d'ici à quinze jours, elle doit être ma femme, et rien ne saurait y remédier. »

En terminant ces mots, Heath prit son chapeau, salua son compagnon et quitta la maison.

CHAPITRE X

UN MARCHÉ PROPOSÉ

Le capitaine Studley se réveilla, le lendemain de la visite du commissaire et de M. Heath, avec un malaise insurmontable, à la pensée des difficultés qui l'attendaient ; non-seulement il doutait du succès de la démarche qu'il allait tenter, mais encore il ne pouvait se dissimuler qu'il s'était opéré un changement inattendu dans ses sentiments. Il éprouvait une pitié affectueuse pour sa fille, dont l'existence, jusque-là austère et dépouillée, allait être assombrie et décolorée par l'affreux secret qui pèserait à toujours sur son cœur.

A côté de cela, le capitaine ne pouvait se défendre d'une certaine admiration pour Heath, dont la subtile intelligence avait su si promptement découvrir le seul moyen de les tirer d'embarras. Il voulait à tout prix sauver sa vie, qui aurait été doublement compromise lorsqu'Anne aurait assuré que son père avait été le témoin mais non le complice du meurtre; mais il avait très clairement donné à entendre que M. Studley ne serait pas débarrassé de sa fille, pas même de son entretien, et que ce mariage ne serait absolument qu'une cérémonie extérieure. Anne devait être libre de ses actions dès que la loi l'aurait liée à un mari qu'elle ne pouvait plus dénoncer. Le capitaine connaissait assez son ami pour être bien sûr qu'il ne se lierait jamais à une femme qui ne lui apporterait ni fortune ni position, et qu'il n'aurait d'autre ressource que d'emmener sa fille avec lui, afin de pouvoir constamment surveiller ses mouvements et l'empêcher de nouer des relations qui d'un instant à l'autre pourraient devenir dangereuses pour Heath ou pour lui-même.

« Au fond, ce ne sera peut-être pas un si grand malheur pour moi, se disait-il; je quitterai cet horrible trou, si plein d'affreux souvenirs; nous irons sur le continent, où nous pourrons vivre à bon compte, au lieu d'être dans la gêne ici et regardés de haut en bas, parce que nous ne possédons pas cinquante mille livres de rente. Ce sera même assez agréable pour moi d'avoir quelqu'un avec qui causer, pour m'accompagner dans mes promenades; puis les femmes ont une manière d'arranger une maison qui donne un air d'élégance et de confort aux plus simples intérieurs. Le difficile est de persuader Anne. Je crains même que ce ne soit impossible. Il faudra la faire passer pour veuve et l'appeler Mme Heath ; mais la pauvre créature, comment supportera-t-elle la vie ? Bah ! elle y réfléchira. Quant à moi, j'ai assez de besogne comme cela sur les bras, et il faut que, sans plus tarder, j'aborde la question avec elle. »

En entrant dans la chambre de sa fille, le capitaine la trouva plus tranquille qu'elle ne l'avait été depuis le commencement de sa maladie. Sa peau était plus fraîche ; ses yeux avaient perdu leur fixité et leur égarement ; bref, elle semblait dans une meilleure disposition. Il fallait donc se mettre à l'œuvre. Il renvoya la garde, sous prétexte de la faire reposer, et s'assit au chevet de la malade ; après quelques questions préliminaires, il ajouta :

« Je suis bien aise de vous trouver mieux, car il faut que j'aborde sans délai un sujet qui vous sera pénible. M. Heath est venu hier.

— Oh ! mon père ! ne me parlez pas de ce monstre ; il n'a cessé de me poursuivre dans toutes mes rêveries, et son nom est le premier que vous me faites entendre à mon réveil.

— Je vous épargnerais ces impressions pénibles, Anne, s'il n'était pas d'une absolue nécessité que je vous parle de lui. M. Heath est venu ici hier avec un commissaire de police.

— Pourquoi ? s'écria-t-elle en bondissant sur son lit.

— Calmez-vous, mon enfant ; il n'y a pas de sujet de vous alarmer ainsi, quoique les conséquences de cette visite puissent être promptes et terribles, si nous-mêmes n'agissons sans perdre de temps.

— Pourquoi sont-ils venus ? a-t-on découvert quelque chose ?

— Jusqu'ici, les investigations ne sont pas très avancées ; mais on a une donnée, pourtant, qui pourrait être fatale. Il paraît que....., que ce malheureux garçon était amoureux de vous, et qu'il vous a écrit une lettre dans laquelle il vous déclarait son amour, vous demandant de lui donner une réponse verbale le jour que..... le jour qu'il viendrait ici. »

Anne rougit et demanda :

« Comment le savez-vous ? Il n'en a parlé à personne, je le sais, et sa lettre n'a été lue que par moi.

— Oui, mais le brouillon a été trouvé chez lui par la police, et c'est ainsi qu'on a su quel jour il comptait venir vous voir. Aussi veut-on vous interroger pour savoir s'il est venu et pourquoi il est venu.

— Mon père, si je suis interrogée, je dirai la vérité. Je ne suis pas honteuse d'avouer que j'avais pour Walter Danby un sentiment que je n'avais jamais éprouvé auparavant, et quand je pense que c'est pour moi, pour plaider lui-même sa cause, qu'il est venu se jeter sous les coups d'un assassin, tout mon sang crie vengeance. Oui, si l'on me fait parler, je parlerai !

— Comment ? s'écria le capitaine, emporté par la colère, ne vous rappelez-vous plus notre conversation d'il y a trois ou quatre jours ?

— Je vous ai promis alors de ne pas dénoncer cet homme, et je ne le ferai pas ; mais si les soupçons tombent sur lui, si la main de la Providence le désigne aux coups de la justice, si en un mot on me demande ce que je sais de cette affaire, je dirai la vérité.

— Et vous me perdrez du même coup !

— Non, mon père, non. Je m'adresserai aux juges, je leur raconterai ce que j'ai vu, tout ce que j'ai vu, et le seul fait que je parlerai avec franchise et loyauté montrera que je dis la vérité ; je dirai que vous êtes innocent de cet épouvantable crime, que vous ignoriez les perfides intentions de..... et que vous avez été impuissant à protéger sa victime. On m'écoutera, on me croira, mon père, et pendant que le jugement frappera le coupable, vous serez épargné.

— Vous pensez ainsi dans ce moment, et vous avez les meilleures intentions, Anne ; mais il est peu probable que vous puissiez agir comme vous le voudriez. Même si vous disiez ce que vous vous proposez de dire, et qu'on vous écoutât, ce qui n'est

guère probable, vous ne réussiriez pas. Vous seriez
déroutée ; vous vous couperiez quand on tournerait
et retournerait les questions, comme les juges d'instruction seuls savent le faire, et on prendrait acte
de toutes vos contradictions, pour les tourner contre
moi. Vous seriez vengée ; mais vous auriez chèrement acheté la vengeance, au prix de la ruine et
de la mort de votre père.

— Vous avez raison, répondit Anne tristement ;
on m'appelait esprit fort à la pension ; mais tout
ressort est brisé en moi ; on n'aurait pas de peine
à me dérouter ; il vaut mieux que je ne dépose pas
du tout.

— Mais, ma chère enfant, vous ne comprenez pas
que vous n'avez pas la liberté de parler ou de vous
taire ; la justice a connaissance de cette lettre et
vous forcera à donner les explications nécessaires.
Ce n'est qu'en invoquant votre maladie et en m'ap-
puyant sur la défense du docteur que j'ai pu obtenir quelques jours de répit.

— Ne pourrions-nous pas partir, aller nous cacher
dans quelque coin ignoré de France ou d'Allemagne ?

— Si nous agissions ainsi, ce serait m'avouer
coupable ; cette fuite attirerait l'attention de la police, et on pourrait demander l'extradition ; non,
ce plan ne saurait réussir, et je ne vois qu'un
moyen qui pourrait assurer ma sûreté ; il est entre
vos mains.

— Voulez-vous me l'indiquer, mon père ? dit Anne en se rejetant sur son lit et en fermant les yeux.

— Il demandera de votre part, je n'essayerai pas de vous le dissimuler, une grande abnégation, un sacrifice presque égal à celui de votre vie. Ce ne sera, en effet, qu'en vous représentant la différence pour moi de passer toute ma vie et même de la finir en prison, ou de la traverser à côté de vous, que vous trouverez le courage dont vous aurez besoin. Mais vous savez maintenant à quoi vous en tenir en ce qui me concerne : la prison à perpétuité ou la liberté, ni plus ni moins.

— Dites-moi donc ce que je dois faire !

— Il faut que vous sachiez bien que la chose la plus importante est de vous mettre dans l'impossibilité de paraître comme témoin dans cette affaire, car votre déposition ne saurait manquer de faire pendre Heath, et le sort qui me serait réservé serait certainement le même. Je vous ai démontré que nous ne pourrions pas fuir ; mais il existe *un cas* dans lequel vos lèvres sont fermées, *légalement* fermées pour toujours, de telle manière que la justice ne peut rien exiger de vous.

— Et quelle est cette position ? répéta Anne en soupirant et sans ouvrir les yeux.

— Celle de femme de l'accusé ; quand.....

— Oh ! mon Dieu ! »

Un cri d'angoisse, puis un long gémissement

échappèrent à la pauvre fille ; elle cacha son visage dans son coussin, pendant que ses mains se serraient convulsivement.

« Je vous ai dit que le sacrifice était immense, reprit le capitaine, mais c'est le seul moyen qui puisse me sauver. Une femme ne peut jamais déposer contre son mari, et, si vous épousiez Heath, il ne serait plus possible de prouver notre culpabilité. »

Anne se souleva sur son lit ; il n'y avait aucune trace de larmes sur son beau visage, mais il exprimait la sévérité et le mépris.

« Et voilà le résultat de votre complot? dit-elle lentement ; voilà le plan élaboré par votre complice, plus audacieux, plus prompt et plus habile que vous, pour le sauver de la position désespérée où il s'est mise? Vous pouviez bien dire que le sacrifice égalait celui de ma vie, et, ce qui m'étonne encore et malgré tout, c'est que vous ayez *osé* me le proposer. N'était-ce donc pas assez de m'avoir ôté toute illusion, il y a quelques jours, en me racontant ce qu'a été votre vie, sans vous faire le porte-voix de cet homme, en me proposant de briser à jamais ma vie et de renoncer à tout espoir de bonheur ici-bas? Savez-vous bien ce que vous me demandez ? D'épouser un assassin, dont la main est encore rouge du sang du seul homme qui m'ait jamais adressé une parole d'affection, du seul homme qui ait eu pitié de mon isolement et de mon abandon. Et je dois accepter ce sacrifice, moi, jeune fille de vingt ans, me condamner à jamais au désespoir, à la honte, et pourquoi? Pour sauver un homme que je voudrais envoyer aux galères! Non ; la loi suivra son cours; je ne ferai rien pour l'en empêcher.

— Eh bien, la loi suivra son cours, répondit le capitaine, puisque cela vous est indifférent. »

Il n'osait pas relever la tête, ni regarder en face cette fille, jusqu'alors si douce et si soumise et qui se révélait sous un jour nouveau.

« Et pourquoi pas ? poursuivit Anne. Est-ce parce que vous êtes mon père que je dois me sacrifier pour vous ? Qu'avez-vous fait pour moi ? De quels soins ou de quelle affection m'avez-vous jamais entourée ? Je devrais être sans doute reconnaissante de l'éducation que j'ai reçue, ou plutôt reconnaissante de ce que les circonstances m'aient tenue loin de vous et m'aient empêchée de devenir plus tôt la complice de vos infamies, ce que vous réclamez aujourd'hui de mon obéissance. Croyez-vous donc que je ne me sois jamais aperçue de la différence qui existait entre moi et d'autres jeunes filles, quand vous me laissiez des mois, des années entières sans me donner signe de vie, et que je restais seule auprès de ces bonnes vieilles demoiselles Griggs, auxquelles je dois le peu de bon qui soit en moi ? Je ne me suis jamais plainte alors, et Dieu

sait ce que j'ai souffert pourtant ; j'aurais conti-
nué à me taire ; mais, quand vous venez me demander de sacrifier ma vie entière pour vous, je
proteste contre cet abus de votre autorité, je vous
refuse le droit de me le demander, et, vous entendez
bien ? je ne veux pas vous obéir. »

En terminant ces mots, elle retomba sur son lit
pâle et épuisée. Pendant qu'elle parlait, l'expression
des traits du capitaine était devenue de plus en plus
sombre ; son front s'était contracté, ses lèvres en-
tr'ouvertes laissaient voir des dents prêtes à mordre,
comme celles d'un chien hargneux ; pendant que sa
fille haletante reprenait haleine, il lui montrait un
poing menaçant ; puis tout à coup, changeant de
tactique, il se mit à parler d'une voix plaintive et
émue.

« Je n'ai rien à vous répondre, Anne, car au fond
vous avez raison, quoiqu'à vrai dire je ne me serais
jamais attendu à de pareils reproches de votre
part ; vous n'auriez jamais connu mon passé, si les
circonstances ne m'avaient pas forcé à vous le dévoiler, et, quoi que vous en pussiez penser, il m'a été
très douloureux de vous faire ce récit. Longtemps
je me suis tu par bonté pour vous, pour vous éviter
la honte de partager ma vie dégradée. Je ne pouvais vous garder auprès de moi, étant sans cesse
sur le qui-vive, obligé de partir à la moindre alerte,
pour entreprendre de longs et fatigants voyages. Je

n'ai pas la prétention d'avoir été un père modèle,
mais du moins je vous ai épargnée le plus longtemps
possible. »

M. Studley s'interrompit un moment, pour laisser
à sa fille le temps de lui répondre, mais elle se tai-
sait toujours.

« Quant à la proposition que je vous ai faite
d'épouser Heath, continua-t-il avec emphase, croyez-
vous que je n'en ai pas été moi-même révolté au
premier abord ? Croyez-vous que j'aurais jamais
consenti à vous en parler, si je n'étais réduit aux
abois, si j'avais entrevu un autre espoir de salut ? Je
n'ai nulle envie de sauver Heath ; je serais même
heureux de le voir tomber comme il le mérite si
bien. Je hais cet homme, Anne, je le hais du plus
profond de mon âme. Vous ne pouvez guère le mé-
priser plus que je ne le fais moi-même ; car, si vous
le détestez parce qu'il est un assassin, moi, je le
déteste parce que depuis des années il m'a soumis à
mille insultes, à mille humiliations qui m'ont avili
à mes propres yeux. J'ai été son jouet et son esclave ;
il m'a tyrannisé comme une nature brutale peut
seule le faire. Si vous consentez à sa demande, vous
le sauvez, c'est vrai, mais vous me sauvez du même
coup, et vous me fournissez l'occasion, que j'ai dé-
sirée si souvent, de renoncer à la misérable existence que j'ai menée si longtemps pour commencer
une vie nouvelle. »

Ces paroles eurent de l'effet sur Anne, comme son père y avait compté. Elle le regarda en face.

« Voulez-vous me priver de la seule chance qui me reste peut-être de redevenir un honnête homme?

— Est-ce vraiment en mon pouvoir? murmura-t-elle.

— Oui, vous seule le pouvez. Ecoutez-moi bien, Anne; la proposition en elle-même peut vous paraître inacceptable; mais vous modifierez votre impression quand je me serai expliqué; une fois mariée, vous êtes dans l'impossibilité de nuire à votre père et d'être malgré vous l'instrument de sa perte. Vous m'avez dit avec vérité que je n'ai pas les mêmes droits paternels qu'un autre père, puisque j'ai méconnu mes devoirs envers vous; vous n'en êtes pas moins ma fille, et je ne voudrais pas être à votre place si, un jour, mes cheveux blancs sont traînés sur les bancs des assises, si vous m'envoyez au bagne, pour satisfaire un sentiment de haine et de vengeance. »

Le capitaine regardait sa fille en dessous pendant qu'il parlait, mais elle avait les yeux fermés, et son visage était dur et sévère. On ne pouvait y voir les traces de la lutte terrible qui se livrait dans son cœur entre l'horreur, la répulsion, grandissant à chaque instant pour ce père dégradé et coupable, et la répugnance qu'elle éprouvait à être l'instrument de sa perte ; mais le masque glacé qu'avaient revêtu ses traits ne laissait rien deviner de son indicible souffrance. Edouard Studley sentait qu'il n'avait pas encore gagné la partie. Il comprenait qu'il n'y avait plus d'appel à faire à son amour filial, et que le sentiment du devoir seul, l'espérance de le ramener au bien, pourraient agir sur elle.

« Ne croyez pas, reprit-il, que je redoute beaucoup le châtiment qui tomberait sur moi. Je l'ai mérité, et je saurais l'accepter. Mais il serait possible, néanmoins, de me fournir les moyens de me repentir, moyens qui seraient moins sévères et peut-être plus efficaces. En cédant à la terrible nécessité qui nous est imposée, non-seulement vous n'aurez plus l'obligation de me dénoncer, mais vous me donnerez une puissance réelle sur Heath, qui me permettra de rompre avec ce misérable. Oui, Anne, je serais libre enfin ! Aucune menace de cet homme ne pourrait me forcer à lui obéir, aucune tentation ne saurait me séduire ; je pourrais vous consacrer toute ma vie. A vous seule je serais redevable de cette liberté, de cette réhabilitation qui me permettrait de relever la tête. »

Anne ouvrit les paupières.

« Laissez-moi seule, dit-elle lentement, et revenez dans une demi-heure chercher ma réponse. »

Quand le capitaine revint au bout de la demi-heure, il trouva sa fille en apparence parfaitement calme, quoique d'une excessive pâleur. Quels qu'eussent été les luttes, les angoisses, le désespoir qu'elle avait traversés avant de prendre la résolution dont elle fit part à son père, celui-ci n'en sut jamais rien.

« J'exige que vous preniez un ou deux engagements vis-à-vis de moi, dit-elle, et alors je me soumettrai à mon sort.

— Mon enfant chérie, répondit Studley en ouvrant les bras pour l'embrasser.

— Epargnez-moi, mon père, reprit-elle en se rejetant en arrière ; je ne vous dirai pas comment j'en suis venue au point où vous me voyez, et, quels que soient nos rapports à l'avenir, il faut que vous compreniez ce que je veux. Il faut d'abord que vous me promettiez, sur votre honneur, que je ne reverrai pas cet homme, jusqu'au moment où nous nous trouverons devant l'autel.

— Je vous le promets, ma chère, dit le capitaine avec emphase ; vous savez que la seule chose indispensable est que ce mariage soit célébré par le ministre en personne, et dûment enregistré. Ce n'est qu'une formalité. Je ne vous quitterai pas un instant. On dira d'avance que vous faites votre voyage de noces en France ; vous prendrez le chemin de Boulogne dès la sortie de l'église, mais je vous accompagnerai, et, dès que nous aurons mis le pied sur le territoire français, nous nous séparerons de Heath.

— Vous me le jurez? dit Anne.

— Oui, par tout ce qu'il y a de plus sacré.

— C'est tout ce que je demande, répondit Anne en retombant sans force sur son lit. Vous pouvez prendre vos arrangements définitifs. »

Quand M. Studley se trouva seul dans son cabinet, il murmura tout bas : « Je ne pouvais pas refuser cette promesse; sans cela elle n'aurait jamais consenti. Je ne suis pas pourtant bien sûr de pouvoir la tenir, car si Heath s'est mis autre chose en tête, ce n'est pas moi qui le ferai changer d'avis. La seule chose positive, c'est que, si je n'avais pas promis, elle ne se soumettait pas. »

Le docteur Blatherwick descendait de la chambre de sa malade le lendemain, quand il rencontra le capitaine, qui lui dit gaiement :

« Voyons, docteur, dites-moi ce que vous pensez de votre malade. Je parie que vous la trouvez beaucoup mieux aujourd'hui?

— En effet, Mlle Studley fait de grands progrès. Mais comment pouviez-vous le prévoir, puisque j'attribue ce mieux à ma dernière ordonnance?

— Eh bien, vous vous trompez en cela, mon bon ami, la guérison ne provient pas de votre fait, mais du mien.

— Je ne vous comprends pas, monsieur, dit sèchement le petit docteur.

— Je vais alors m'expliquer plus clairement, en

vous confiant un secret, mon cher docteur. La
cause première de cette maladie était une querelle
d'amoureux, que ma fille avait prise trop à cœur;
vous savez ce que c'est que la jeunesse. Quand j'ai
vu que les choses prenaient une tournure sérieuse,
j'ai fait venir le fiancé (vous l'avez vu ici l'autre
jour), M. Heath, le directeur de la banque Middleham, je lui ai parlé en père, je les ai raccommodés,
et, aussitôt que vous nous en donnerez la permission, nous célébrerons le mariage.

— Cela ne me surprend pas autant que vous
pourriez le croire, répondit le docteur en prenant
un air important; dès l'abord, j'ai soupçonné une
affaire de ce genre; c'étaient les nerfs surtout qui
me paraissaient malades; il n'y avait pas d'autre
maladie caractérisée. Je vous félicite, mon cher
capitaine. Il va sans dire que les jeunes époux feront
un voyage de noces, et rien ne sera plus favorable
qu'un changement d'air pour mademoiselle votre
fille. »

CHAPITRE XI

LE MARCHÉ ACCEPTÉ

La disparition mystérieuse d'un commis banquier ne devait pas faire une grande sensation; en premier lieu, elle arrivait trop tôt après le meurtre de M. Middleham, et ensuite il s'agissait d'un homme trop peu connu. Le patron, connu depuis de longues années, respecté et apprécié de tous, avait été vivement regretté par ses nombreux amis; tandis que l'absence du jeune employé ne laissait de vide que dans le cercle de sa famille; et, comme les affaires ne pouvaient rester en souffrance, Danby fut bientôt remplacé, et même ses collègues ne pensèrent plus à lui.

Mais la justice ne perdait pas cette affaire de vue; il y avait plusieurs versions qui circulaient: l'une était que, Danby ayant été le premier à con-

stater l'absence des bijoux et valeurs confiés au
banquier, on avait craint sa perspicacité, et les
auteurs du meurtre l'avaient également fait disparaître, pour se débarrasser d'un témoin compromettant. L'autre version, et c'était celle adoptée
par le sergent Francis, était que Danby avait eu sa
part du vol et que, craignant sans doute d'être
découvert, il avait jugé prudent de se mettre à
l'abri des poursuites. En conséquence, il avait écrit
à Mlle Studley pour la mettre au courant de ses
projets, car, dans le brouillon de lettre qu'on
avait trouvé, il était question d'exil, de vie nouvelle à commencer, de fautes à faire oublier et
pardonner, etc.

La maladie de la jeune fille l'avait empêchée
de suivre son amant; mais bientôt sans doute elle
partirait pour le rejoindre, et on pourrait ainsi
retrouver les traces de Danby.

M. Francis ne communiqua ses conjectures qu'à
sa femme; il attendait le moment d'agir énergi-
quement et croyait, avec juste raison, que moins
on fait de confidences, mieux cela vaut. « Néanmoins, ajoutait-il, je suis presque sûr de réussir
plus tard; car le capitaine Studley ne me paraissait
pas du tout à l'aise pendant ma visite, et je serais
bien étonné s'il ne savait pas où est le jeune
homme. »

Mais une pareille version ne trouvait aucun

crédit à la banque; Danby y avait été connu comme un des hommes les plus droits, un des employés les plus fidèles qui fussent, et ses collègues, pendant quelques jours, se préoccupèrent vivement de son sort. Mais il fallait songer à l'intérêt général, et la place de Danby fut bientôt prise par un nouveau venu.

Un matin, M. Smowle arriva particulièrement tard, même pour lui. Il venait de s'installer devant son pupitre, quand Rumbold, tout en mettant du charbon au feu, lui dit :

« C'est dommage que vous vous soyez pressé ce matin, monsieur Smowle; nous allions envoyer une note au *Morning Post* pour prévenir vos créanciers qu'ils eussent désormais à s'adresser directement à vous.

— Qu'est-ce que vous me chantez là, Rumbold ? Qui est venu me demander?

— Vous demander? D'abord il y en a plusieurs; ensuite Gambroon s'est montré moins accommodant que de coutume et ne veut plus me croire quand je lui dis que vous êtes à la campagne; j'ai vu le moment, ce matin, où il faisait une esclandre; aussi je vous conseille de le payer, et le plus tôt sera le mieux.

— Bien, je lui donnerai un acompte de 50 francs, et je lui commanderai un costume complet; il sera ravi. Mais, quand je m'informais si l'on m'avait demandé, je pensais à Hampstead.

— Non, il ne vous a pas demandé ; il est trop occupé à mettre ses affaires en ordre, pour s'inquiéter de vous.

— Ses affaires en ordre ? Qu'est-ce cela veut dire ? Nous ne sommes pas encore à Noël pour nous occuper de cet assommant inventaire de fin d'année.

— Tout de même il arrange ses affaires, il va partir sous peu.

— Partir encore ! s'écria M. Smowle. Quelque agent de change en fuite ?

— Non, pas le moins du monde ; ce n'en est pas moins une affaire sérieuse et une fameuse surprise pour tous !

— Est-ce qu'on a des nouvelles de ce pauvre petit Walter Danby ?

— Non, et m'est avis qu'on n'en entendra jamais parler, répondit le concierge. Il s'agit de bien autre chose, et, comme vous ne devineriez jamais, vaut autant que je vous le dise tout de suite : le gouverneur se marie !

— Pas possible ! s'écria M. Smowle d'une voix si éclatante que ses collègues lui adressèrent un « chut ! » bien senti. Hampstead se met la corde au cou ? Comment le savez-vous ?

— Je le lui ai entendu dire lui-même à M. Frodsham pendant que je mettais le grand livre à sa place. « Vous aurez à prendre la direction de la « banque pendant quelque temps, disait-il. — Vrai-

« ment, monsieur, répondit le vieux bonhomme,
« vous faites un nouveau voyage d'affaires ? — Non,
« pas précisément : je crois que je devrais plutôt
« l'appeler un voyage de plaisir. — Je vous sou-
« haite beaucoup de bonheur, monsieur (quoique
« ce pauvre vieux ne me fasse pas l'effet d'être un
« des favorisés du matrimonium, si j'en juge d'après
« la figure allongée et misérable avec laquelle il
« promène Mme Frodsham le dimanche). Est-ce
« que je connais la demoiselle, monsieur? — Je ne
« le crois pas, reprit le gouverneur sèchement.
« Nous sommes fiancés depuis déjà quelque temps.
« C'est la fille d'un de mes anciens amis, du ca-
« pitaine Studley. — Studley? Studley? répétait
« Frodsham. Je ne me souviens pas d'avoir vu ce
« nom parmi les comptes courants. — Je ne le
« pense pas non plus; mais, à l'avenir, nous serons
« les banquiers du capitaine. Je partirai à la fin
« de la semaine et pense rester une quinzaine
« absent. »

— En effet, voilà une fameuse nouvelle, dit
M. Smowle ; le bon côté de la chose, c'est qu'on
peut faire ce que l'on veut, quand Frodsham a la
surveillance. Si jamais j'avais cru que Hampstead
se laisserait prendre par une femme ! Je crois bien
avoir vu, ces derniers temps, le capitaine venir quelquefois ici. Le résultat le plus net est que je vais
perdre encore vingt-cinq francs.

— Pourquoi cela, monsieur Smowle ?

— Parce qu'on ne manquera pas de faire une souscription pour offrir un cadeau au patron, dans cette mémorable circonstance.

— Je crois que le gouverneur en serait très mécontent, marmotta le concierge, car il n'est pas homme à reconnaître les attentions qu'on a pour lui. Quand je me donne une peine du diable pour lui faire cuire une côtelette qui exciterait l'envie d'un prince, il n'y prend pas garde, pas plus que si j'avais été la chercher toute cuite chez le charcutier du coin. »

La nouvelle qui avait surpris les employés de la banque produisait plus d'effet dans le village de Loddonford, où le Dr Blatherwick la colportait à plaisir. Quoique le capitaine Studley ne fût pas depuis longtemps établi dans la localité, il avait su se rendre très populaire dans les rares occasions où il s'était mêlé à la société. Il n'y avait pas jusqu'à l'ignorance où l'on était de ses antécédents, de ses ressources, qui n'augmentât son prestige. On connaissait Anne moins encore, puisqu'elle était tombée malade à peine arrivée chez son père. Mais justement cette maladie un peu extraordinaire avait excité l'intérêt et la curiosité, et les commentaires allaient bon train, quand il s'agissait de ce mariage, dont l'annonce avait mis toutes les langues en mouvement. Et le fiancé, où était-il ? qui

était-il ? quand viendrait-il ? M. Blatherwick l'avait
à peine entrevu, une seule fois en passant, et ne
pouvait donner aucun renseignement précis.

Du reste, sans le docteur, personne n'aurait su ce
qui se passait dans le cottage ; la garde était retournée chez elle, et Jeanne avait repris sa place ;
la jeune demoiselle avait été malade ; elle était en
convalescence : voilà tout ce qu'elle pouvait dire,
ajoutant néanmoins que le capitaine avait été très
inquiet, très soigneux et n'avait quitté le chevet de
sa fille ni nuit ni jour. Quant au mariage, elle n'en
savait rien ; Jeanne connaissait M. Heath, qui était
venu très souvent au cottage, mais elle ne se serait
pas douté qu'il fût amoureux.

Les Loddonfordiens furent obligés de se con-
tenter de ces maigres détails, se réservant du
moins d'assister à la cérémonie, qui allait se célé-
brer.

Pendant ce temps, le capitaine avait scrupuleu-
sement observé les clauses du contrat ; quoiqu'il
ne quittât pas la maison, Anne restait constamment seule dans sa chambre. Son père venait, par
acquit de conscience, lui faire une courte visite
matin et soir ; mais il ne tenait pas à la voir longtemps de suite. Le fatal secret dont ils étaient l'un
et l'autre possesseurs pesait sur son esprit et empêchait toute conversation intime, et, quoique le
capitaine eût repris toute son audace habituelle, il

n'en était pas moins impatient de se sentir pour
toujours à l'abri d'une découverte. Il essayait
d'intéresser Anne à un sujet qui d'ordinaire a un
grand attrait pour toutes les femmes, en lui parlant de sa toilette pour le grand jour ; mais elle
restait si froide, si indifférente, qu'il en fut réduit
à commander lui-même la robe de la mariée.

Le jour du mariage se leva doux et pur, comme
un jour d'été ; les arbres déployaient une variété
de teintes que faisaient d'autant mieux ressortir les
pins et les mélèzes ; la rivière coulait en murmurant et venait briser ses petites vagues sur les cail-
loux du rivage ; les oiseaux, trompés par le soleil
et la chaleur, se croyaient autorisés à entonner de
joyeuses chansons. Dans le cimetière qui entourait
l'église, on voyait de nombreux groupes qui attendaient l'arrivée du cortège ; la femme du pasteur,
qui passait sa vie à s'envelopper de flanelles, à
boire des tisanes, avait fait trêve à ses maux plus
ou moins imaginaires pour accompagner ses trois
filles, déjà sur le retour, mais qui n'auraient pas
mieux demandé que de servir de demoiselles
d'honneur. Le docteur Blatherwick, tout de noir
habillé, avait relevé l'austérité de sa toilette par
une large cravate bleu de roi et orné sa bouton-
nière d'un ruban blanc qui lui donnait une certaine
ressemblance avec un dindon médaillé à une expo-
sition de volatiles. Mme Moffat, dont la propriété

touchait celle de M. Middleham, se promenait en causant avec le major Gilkes. Ce major passait, disaient les mauvaises langues, la meilleure partie de ses jours et même de ses nuits à chercher par quels ingénieux moyens il pourrait augmenter ses rentes et ses fermages, pendant que les braconniers faisaient leurs affaires sur ses terres et détruisaient son gibier.

Il était impossible d'arriver en voiture jusqu'à la porte de l'église ; aussi fut-ce à l'entrée du cimetière que le cabriolet de l'hôtel, dont le cocher avait mis une paire de gants de coton blanc en signe de fête, déposa le capitaine Studley et sa fille. Les mariées qui venaient demander la bénédiction nuptiale au pasteur de Loddonford étaient d'ordinaire de fraîches paysannes, aux joues roses et rebondies ; souvent elles arrivaient émues, les larmes prêtes à couler ; mais elles repartaient radieuses et souriantes, au bras de l'époux qu'elles aimaient. Quand Mlle Studley parut, appuyée sur le bras de son père, tout le monde paraissait désappointé ; elle était d'une pâleur extrême, mais d'une dignité et d'un calme parfaits, quand quelqu'un murmura :

« Pauvre jeune fille, comme on voit qu'elle relève de maladie ! »

Aussitôt il se fit une réaction en faveur d'Anne, et chacun lui trouva une qualité nouvelle. L'organiste courut à son instrument, les curieux se pré-

cipitèrent dans l'église, et l'étonnement fut général
quand on découvrit que le marié était ce grand
monsieur étranger, qui se promenait seul à l'écart
et qui n'avait pas même un ami de noce pour l'accompagner.

Vingt minutes plus tard, la marche nuptiale de
Mendelssohn retentissait sous les voûtes, et le cortège sortait de l'église. Le nouveau couple s'avançait gravement, suivi du capitaine, qui distribuait
gracieusement sourires et poignées de main et ré-
pondait seul aux félicitations. Il monta dans la
voiture, et il sembla au cocher, au moment où il
fouettait son cheval, entendre M. Studley murmurer
entre ses dents :

« Sauvé, enfin ! »

La ville de Calais était endormie, quand le pa-
quebot anglais vint jeter l'ancre dans le port ; là, au
contraire, tout était bruit et mouvement, car bon
nombre de voyageurs voulaient se transborder directement jusqu'au chemin de fer et gagner Paris
sans délai. Un monsieur de haute taille, de tournure militaire, ayant à son bras une jeune fille
pâle et délicate, donnait ordre de porter ses effets
à l'hôtel du *Destin* et prenait les devants, comme
un habitué de la ville. En arrivant à l'hôtel, la
jeune dame regarde derrière elle avec anxiété ; son
compagnon se penche vers elle et lui dit tout bas :

« Il est parti, comme je vous l'avais promis. »

— Monsieur veut-il cet appartement au premier ? demanda le sommelier. Voici le salon, et une
chambre à coucher pour mademoiselle ; mais monsieur sera obligé de monter au second ; nous n'avons
plus de chambre disponible sur ce palier. — Mademoiselle veut-elle que je lui envoie la femme de
chambre ? »

Quand les voyageurs se trouvèrent seuls, le capitaine Studley se tourna vers sa fille et lui dit d'un
air important :

« J'ai tenu la promesse que je vous avais faite,
Anne ; vous n'avez pas eu à vous plaindre de cet
homme, et vous voilà ici sous la protection de votre
père.

— Oui, » répondit-elle tout bas, mais sans l'élan
de reconnaissance que le capitaine se croyait en
droit d'attendre.

Elle paraissait si exténuée que son père lui souhaita une bonne nuit, se réservant, le lendemain,
de la mettre au courant de ses projets. Il se retira
dans sa chambre, enchanté du succès de la journée, et après avoir fumé un cigare, bu un grog, il
's'endormit profondément.

Il se sentait encore très satisfait de lui-même et
des autres, quand il se réveilla le jour suivant ; il
descendit dans le salon. La porte qui conduisait à
la chambre d'Anne était fermée ; il frappa ; point
de réponse. Il frappa de nouveau et plus fort ; au

même instant, la femme de chambre entra et lui dit que mademoiselle était sortie.

« Sortie ! répéta le capitaine stupéfait.

— Certainement ; il était sept heures à peine, et mademoiselle ne m'a pas dit quand elle reviendrait. »

CHAPITRE XII

GRACE

Les touristes qui partent d'Angleterre visitent la
Belgique, la Hollande, remontent le Rhin, s'arrêtent
quelques heures à Francfort, à Baden, à Strasbourg,
se contentant d'une connaissance superficielle de
tous ces endroits renommés, afin de pouvoir consacrer quelques jours de plus à Paris pendant leur
mois de vacances, se figurant, mais à tort, qu'ils
ont visité un des plus jolis pays du monde. Ceux
qui choisissent de préférence les trains express, ou
s'entassent par le beau temps sur le pont des bateaux à vapeur, regardant autour d'eux sans doute,
mais ne pouvant pas s'arrêter lorsque le site leur
plaît, ne sauraient se vanter d'avoir exploré les
bords du Rhin. Il y a quelque vingt ans, les Allemands se moquaient de ces fous d'Anglais (car

alors peu d'Américains voyageaient dans ces pa-
rages), qui, pour voir un pays, prenaient les moyens
les plus rapides de locomotion. A notre tour, nous
sourions quand nous nous rappelons ces lourdes
diligences traînées par quatre ou cinq chevaux plus
ou moins poussifs et qui faisaient 2 lieues à l'heure,
tandis que maintenant, grâce à la vapeur, nous fran-
chissons en quelques heures d'immenses distances.
Et les bateaux qui jadis vous faisaient partir de
Cologne à des heures impossibles, longtemps avant
le lever du soleil, pour arriver péniblement le soir
bien tard jusqu'à Coblentz ! Alors, on pouvait au
moins jouir du paysage enchanteur qui se déroulait sous les yeux, tandis qu'à présent on est à peine
parti, qu'on soupire après le moment de l'arrivée !

Où par exemple, en Angleterre, pourriez-vous
trouver une bonne, vieille ville, plate et sans intérêt
comme Bonn ? Elle possède une université ; mais
ceux qui arrivent avec les traditions de Cambridge
ou d'Oxford sont vivement désappointés. La cathédrale est au centre ; le palais de l'Electeur, où se
donnent les cours, est un bâtiment d'assez belle di-
mension ; mais les rues sont étroites, sombres, si-
lencieuses, sauf le soir, quand elles retentissent des
chansons bachiques de messieurs les étudiants. Les
professeurs habitent un peu partout, quoique le plus
grand nombre affectionne la rue Verte ou l'allée des
Peupliers. Leurs maisons sont en général de petites

maisons propres, à deux étages ; au rez-de-chaussée, la salle à manger et la plus belle chambre à coucher ; au premier, le salon et le cabinet du professeur, encombré de vieux bouquins, orné d'un grand poêle en faïence et d'un râtelier où se trouve suspendue une collection de pipes de tous calibres.

C'est dans cette ville de Bonn, et dans une des maisons que nous venons de décrire, que Grace Middleham vint s'installer peu de jours après la mort de son oncle. Le changement était grand pour elle, car bien que la vie de la pension fût monotone, elle y était toujours entourée de compagnes de son âge, tandis qu'elle se trouvait, par suite des événements tragiques que nous avons racontés, transportée hors de son pays et livrée à elle-même. Elle avait fait le voyage avec une femme de chambre. Le mari de sa tante étant pour elle tout à fait inconnu, il lui avait semblé inutile de le faire venir en Angleterre pour lui servir ensuite de chaperon. M. Heath avait été plein d'attention et d'égards pour lui faciliter toutes choses, et il avait mis une délicatesse presque féminine dans les préparatifs du voyage. Dans leurs entretiens avant son départ, Grace avait essayé d'obtenir de M. Heath quelques détails sur la fin de son oncle ; mais il lui avait répondu de telle manière qu'elle eût cru manquer aux convenances en insistant davantage. Elle n'avait pas même osé lui parler de la disparition de Danby, car, à peine eut-elle ouvert la bouche, qu'il lui imposa poliment silence, en exprimant son regret de ce qu'on l'avait entretenue de pareils bavardages.

Grace avait beaucoup réfléchi à tout cela pendant son voyage jusqu'à Bonn. Elle ne s'était pas jusquelà rendu bien compte de tout ce qui s'était passé. Maintenant, au lieu de demeurer avec son excellent oncle, elle allait rejoindre une parente inconnue ; qu'était-elle ? Ressemblait-elle à son pauvre frère assassiné ? Ne serait-elle pas fâchée, et à juste titre, de ce que Grace ne lui apportait pas l'assurance que le meurtrier était poursuivi, saisi, puni suivant toutes les rigueurs de la loi ? La pauvre enfant ne connaissait encore rien du monde en général, ni des poursuites criminelles en particulier ; mais elle savait bien que sa tante et le mari de sa tante seraient en droit de l'accuser d'ignorance et peut-être d'indifférence. Elle n'avait que fort peu de données sur ses hôtes futurs ; elle se souvenait d'avoir entendu son oncle parler de sa sœur quelquefois, en passant ; mais jamais il n'avait dit un mot du professeur. Les arrangements, quant à la pension et à l'installation de Grace, avaient été pris entre M. Heath et Mme Sturm. Le professeur n'avait pas plus fait parler de lui après qu'avant la mort de M. Middleham, et sa tante avait jugé inutile de lui écrire directement. Son imagination avait donc libre carrière, et elle se sentait disposée à peupler sa vie

future de choses et de gens peu agréables. Que de
fois elle pensait à Anne ! comme elle aurait voulu
l'avoir près d'elle ! Les événements qui s'étaient suc-
cédé avec tant de rapidité avaient mûri Grace,
qui sentait et admettait la supériorité réelle de son
amie ; elle enviait sa force de caractère, sa sagesse,
sa prudence, son calme. Anne ne se serait pas laissé
diriger sans avoir voix au chapitre ; elle aurait d'un
coup d'œil vu et su ce qu'elle devait faire, ce qui
valait le mieux. Oh ! si seulement Anne pouvait être
avec elle ! Comment se faisait-il donc que ces deux
jeunes filles, toutes deux sans mère, toutes deux
élevées dans la même pension, eussent des carac-
tères et des aptitudes si différents ? Grace ne pouvait pas résoudre ce problème.

La femme de chambre qu'on lui avait choisie
était pour Grace une inconnue, puisqu'elles s'étaient
rejointes au moment du départ. La maîtresse était
timide, Lucy était réservée, en sorte qu'elles échan-
geaient juste les phrases nécessaires et rien de plus.
Mais Mlle Middleham était d'un naturel si bon et si
aimable, qu'avant la fin de leur voyage les deux
femmes s'entendaient parfaitement.

Grace avait eu si peu de renseignements sur sa
tante, qu'elle n'avait guère pu se la représenter ;
mais il est impossible de se figurer un contraste
plus complet entre un frère et une sœur qu'entre
M. Middleham et Mme Sturm. Quand la jeune fille

fut présentée à sa tante, le lendemain de son arrivée, elle cessa de s'étonner de ce que M. Middleham eût eu si peu de chose à dire de sa sœur. L'appartement dans lequel Mme Sturm accorda sa première audience à Grace était une grande pièce toute boisée, avec de grandes fenêtres assombries par des jalousies, un immense poêle et un vieux tapis qui couvrait en partie le parquet soigneusement ciré. Un énorme lit à colonnes occupait le fond de la chambre ; une table carrée était placée entre le poêle et une des fenêtres, et sur cette table étaient empilés des morceaux de soie de toutes couleurs.

Une odeur pharmaceutique la saisit à la gorge en entrant, et l'objet qui la frappa le plus après le poêle fut cette table encombrée de pièces et de morceaux. Avant d'avoir quitté Mme Sturm, Grace avait appris que les deux passions qui envahissaient la vie de sa tante étaient la médecine et l'ouvrage à l'aiguille. Si sa nièce pouvait lui donner une nouvelle recette médicale ou lui apprendre un nouvel ouvrage, elle aurait toutes chances de se faire bien venir ; si au contraire ces deux sujets la laissaient indifférente, elle pourrait passer sa vie, solitaire et sans sympathie, à côté de la maîtresse de maison.

Mme Sturm était assise dans un grand fauteuil, un tabouret sous les pieds ; à côté d'elle, une corbeille recevait les rognures d'étoffe et les bouts de laine ; elle tenait dans sa main droite une grande paire de ciseaux qu'elle passa dans la gauche à l'approche de Grace. C'était une femme de cinquante-cinq ans environ, petite, maigre, ratatinée et ridée, ses cheveux gris étaient relevés en bandeaux plats sous un bonnet de gaze noire, et sa robe de deuil, quoique d'un beau cachemire, ne ressemblait, ni comme coupe ni comme forme, aux costumes modernes. Son petit pied maigre et effilé, chaussé de pantoufles fourrées, reposait sur le tabouret, et, quand elle tendit sa main droite, Grace crut voir un bras de bois mécanique s'avancer vers elle.

« Comment allez-vous, ma chère ? » dit Mme Sturm, en lui serrant légèrement la main.

Il était évident qu'elle ne comptait pas donner à sa nièce un témoignage plus chaud de bienvenue ; et au premier instant la pauvre petite se sentit froid au cœur ; mais elle répondit tranquillement :

« Très bien, merci, tante ! Je vous remercie de bien vouloir me donner l'hospitalité, et de tous les arrangements que vous avez faits pour ma réception. Ma chambre est charmante ! »

Grace s'arrêta là ; pas de réponse ; sa tante reprenait ses ciseaux et recommençait à découper de la soie pour la coudre sur de petits morceaux de carton octogones. Grace reprit :

« Mon oncle, car le professeur m'a permis de l'appeler ainsi, a été bien bon pour moi. J'ai re-

gretté de ne pas pouvoir vous voir hier soir, ni ce
matin de bonne heure. Mon oncle m'a dit que vous
n'étiez pas bien.

— Je suis rarement bien, répondit Mme Sturm
d'une voix résignée.

— Mais rarement bien malade, j'espère ; du moins
je crois l'avoir compris, d'après ce que m'a dit
M. Sturm. »

Grace avait sans le vouloir touché à un sujet
scabreux ; sa tante se redressa avec un redouble-
ment de raideur, suspendit le mouvement de ses
ciseaux et prit la parole d'un ton blessé :

« Tous ceux qui approchent du professeur lui
entendent dire *cela*. Je regrette de le dire, et surtout
devant une jeune personne qui devrait apprendre
à le respecter, le professeur ne croit à rien. Il se
croit trop savant pour avoir la foi. Entre autres
choses, il ne veut pas voir que je suis dans un état
de santé déplorable. Il ne se rendra à l'évidence
que quand il sera trop tard. »

Et la pauvre femme se mit à branler la tête
d'une façon si piteuse, qu'elle semblait pleurer déjà
sur le veuvage de son mari et sur sa perdition pour
l'éternité.

« Oh ! tante, vous vous trompez, il m'a parlé
avec la plus grande sympathie... et...

— Nous ne parlerons pas du professeur, si vous
le voulez bien, ma chère ; à mon âge, avec mon

expérience et ma santé, je sais qu'il faut être forte, forte dans un sens du moins. Asseyez-vous ; cela me fait tourner la tête de voir quelqu'un debout. »

Grace prit un siège. Elle était fort déconcertée, car elle avait pris son oncle en amitié à première vue et trouvait la manière de parler de sa tante pour le moins étrange. Au bout d'un moment de silence, Mme Sturm reprit :

« Avez-vous une bonne santé, ma chère ?

— Je n'ai jamais été malade de ma vie.

— Tant mieux pour vous ; car, si vous tombiez malade ici, vous trouveriez peu de sympathie. *Moi* du moins je n'en trouve aucune, bien que je sois constamment souffrante depuis des années. On s'attend toujours à me voir active et allante, comme si j'étais parfaitement bien. Le professeur ne voulait-il pas que j'écrivisse moi-même à cet homme de Londres, à propos de votre voyage, vous savez, cet homme qui était caissier chez mon frère.

— M. Heath ! dit Grace avec un tressaillement, car elle comprenait la nécessité de parler de la mort de son oncle et ne savait comment aborder le sujet.

— Oui ; quand la nouvelle de cette terrible affaire nous est parvenue, j'en ai été tellement bouleversée que j'ai essayé de deux nouveaux remèdes, qui n'ont eu aucun effet, puisque j'étais obligée de lire les lettres ; mais je crois bien qu'il n'y a pas sous la voûte du ciel un autre homme qui aurait pu croire que j'y répondrais. Le professeur seul est capable d'avoir une pareille idée.

— Il a été bien bon de répondre, dit Grace, et je suis bien reconnaissante de l'asile que vous m'offrez. Quand j'ai perdu mon oncle...

— C'est un triste événement, reprit Mme Sturm, dont nous ferons mieux de ne pas parler. Ces sujets-là sont trop énervants pour ma constitution, et mes digestions sont si pénibles que la moindre émotion les rend presque impossibles. Lisbeth va m'apporter ma potion de midi ; j'ai pensé qu'il valait mieux attendre que je vous eusse vue pour la prendre : une première entrevue est toujours émouvante, vous savez. Comme je viens de vous le dire, il vaut mieux ne plus faire allusion à mon pauvre frère. J'avais toujours eu des craintes pour lui, bien que nous ne nous fussions pas vus depuis de longues années ; il n'a jamais été très vigoureux ; aucun des membres de la famille Middleham ne l'est, et il s'est toujours montré très obstiné pour négliger sa santé. Nous voyons ce qui en est advenu. »

Une fois encore, la brave dame se mit à branler la tête d'un air important, comme si, dans le cas de son frère, il y avait eu des remèdes préventifs contre l'assassinat ; et, comme elle ne voulait pas poursuivre ce sujet de conversation et n'en abordait aucun autre, Grace comprit qu'elle devait se retirer. Elle cherchait une excuse pour expliquer son brusque départ, quand une femme d'un certain âge, au teint aussi terreux que sa chevelure était blond fade, entra dans la chambre, tenant à la main un petit plateau sur lequel étaient des poudres et une potion.

« Voici Lisbeth, dit Mme Sturm, et il faut que je prenne mon vin de quinquina. Adieu, ma chère !

— Adieu, ma tante ! Vous allez descendre, n'est-ce pas ?

— Non ; je ne viendrai vous rejoindre que cette après-midi ; mes nerfs réclament un repos absolu, et l'agitation perpétuelle du professeur ne me vaut rien. Il marche de long en large dans son cabinet, pendant qu'il prépare ses leçons ; je suis dès lors forcée de rester beaucoup dans ma chambre.

— Mon oncle Sturm ne se trouve-t-il pas bien seul ?

— Des gens agités qui ont toujours des sujets d'étude ne sont jamais solitaires ; puis on ne peut pas compromettre volontairement sa santé. Si vous aviez vécu vingt-cinq ans dans cette maison, avec un homme qui marche comme le Juif errant et qui étudie tout le long de l'année, vous finiriez aussi par préférer le silence de votre chambre. »

Grace ne répondit à cette tirade que par un sourire et quitta sa tante, juste au moment où Lisbeth lui attachait une serviette sous le menton pour lui faire prendre ses remèdes.

Grace avait été prise à l'improviste par la découverte des manies de sa tante; mais, en fille pratique, elle y vit tout de suite un grand avantage, celui de pouvoir disposer de son temps, comme bon lui semblerait. La première impression que lui avait faite le professeur (ce qu'il enseignait lui importait peu; elle acceptait sa science comme sa tabatière, c'est-à-dire comme inséparable de l'homme) était très favorable. Il avait accueilli l'orpheline avec une véritable bonté, et elle se sentait déjà à l'aise vis-à-vis de cet étranger, qu'elle redoutait à l'avance. Quand elle descendit de la courte audience accordée par sa tante, elle trouva le professeur plongé dans cette occupation tant blâmée; il se promenait de long en large dans une grande pièce toute tapissée de livres et qui ressemblait peu à ce que les hommes de lettres anglais appellent leur cabinet, mais qui n'en était pas moins très confortable. Non seulement le professeur arpentait la chambre, mais des doigts de la main droite il jouait sur son bras gauche un air de Mendelssohn, dont il fredonnait la mélodie, tandis que sur son visage, aussi terreux que celui de Lisbeth et que ceux des neuf dixièmes de ses compatriotes, s'épanouissait un sourire vague, mais qui respirait la sérénité et le parfait contentement d'esprit. A côté de sa philologie et de son ethnologie, le professeur avait une autre passion : la musique. Les deux premières remplissaient ses heures d'études, la dernière ses heures de loisir, et il était parfaitement heureux, quoique sa femme, Anglaise jusqu'au bout des ongles, méprisât son pays en général, son mari en particulier, et se séparât volontairement de lui, de ses amis, de ses études, avec une telle persistance que leur vie domestique était réduite à néant. Le brave petit professeur, tout aussi potelé au moral qu'au physique, déployait un flegme et une philosophie dignes d'éloges pour tirer le meilleur parti possible du marché malheureux qu'il avait conclu vingt-cinq ans auparavant et dont les préliminaires et les conditions avaient été un profond mystère pour tous ceux qui connaissaient les parties contractantes. Comment Mlle Marthe Middleham avait-elle épousé le professeur Sturm, et comment le professeur Sturm s'était-il décidé à épouser Mlle Marthe Middleham? C'était encore inexplicable pour tous et pour Grace, quand elle eut vécu dans leur intérieur, plus que pour personne.

Le professeur Sturm était, à tous les points de vue, un type caractéristique du savant allemand : il portait des lunettes, une grosse bague massive à l'index et des habits mal faits, mais il était propre sur sa personne et nullement pédant. Il n'avait

aucune croyance religieuse, des principes de morale
assez larges, mais de bons instincts et une douce
gaieté. Il avait des livres, des langues et des races
d'hommes à étudier, de la musique pour s'amuser;
c'était plus qu'il ne lui en fallait, et il laissait son
prochain chercher son instruction et ses distractions
où bon lui semblait. Il avait un excellent caractère et une bonté native qui ne lui permettait pas
de voir souffrir quelqu'un, quand il pouvait y porter remède; mais il n'était nullement sentimental,
excepté quand il s'agissait de poésie. Il regardait
sa femme comme ayant perdu la tête et se disait
qu'il ne devait pas l'encourager dans sa folie, parce
que cela ne lui ferait aucun bien. Autrefois, dans sa
jeunesse, il avait essayé de la raisonner; mais, convaincu de son insuccès, il avait abandonné l'entre-
prise et se soumettait philosophiquement à son
sort.

Le professeur avait eu ses doutes, quand il s'était
agi d'introduire Grace dans sa maison : il avait compris dès l'abord qu'une jeune fille ne pourrait pas
s'entendre avec sa femme, qu'elle serait probable-
ment malheureuse; mais elle n'avait pas d'autre
ressource, et il se rassurait en se disant que ce ne
serait pas une épreuve de longue durée et que, dans
un an, à la majorité de Grace, elle les quitterait
pour s'établir chez elle. Il ne se sentait guère capable de contribuer au bien-être ni au bonheur d'une

jeune demoiselle anglaise, qui ne manquerait pas de
partager les préventions de sa tante. Grace arriva,
et le professeur fut tout surpris de trouver en elle
justement tout le contraire de ce qu'il attendait. Le
seul talent auquel Grace eût quelque prétention était
la musique ; elle ne ressemblait en rien aux Mid=
dleham qu'il avait connus, sa femme et son beau-
frère, et elle était aussi douce et aussi simple qu'elle
était jolie et prévenante. Pendant leur première soirée
en tête à tête (car le professeur avait renoncé à
un quatuor chez son collègue Drang pour souhaiter
la bienvenue à la jeune étrangère), Grace sut gagner
les bonnes grâces et le cœur de son oncle. Aussi,
quand il la vit entrer dans son cabinet, après son
entrevue avec sa tante, ne put-il retenir un sourire
malin et lui dit-il, en lui caressant la main :

« Ah ! ah ! vous n'avez donc pas trouvé votre
tante très maternelle, ni fraternelle, ni même tan-
ternelle ? N'y faites pas attention ; elle est toujours
comme cela ; elle a fait sa volonté et suivi ses caprices un peu trop longtemps pour que nous puissions
la corriger. Peu importe, vous suivrez votre volonté
et vos caprices de votre côté. Ah ! Gott ! soyons re-
connaissants de ce qu'elle a ses potions et ses
ouvrages à l'aiguille, et occupons-nous de Mendelssohn et compagnie. Voyons... ne faites pas attention.

— Je ne fais pas attention, oncle Sturm ; seulement, seulement... elle ne m'a pas même parlé de mon pauvre oncle Middleham. »

Le visage du professeur changea ; il repondit en balbutiant :

« Oui, oui, chère enfant, je comprends ; mais ne vous offusquez pas, si moi non plus je n'aime pas vous en parler. La mort est une triste chose ; c'est bien réellement le roi des épouvantements, à quelque moment qu'elle vienne et surtout quand elle vient de cette manière-là ; cela me donne la chair de poule, et nous ne parlerons jamais, jamais de votre oncle Middleham. »

Il lui fit encore une caresse, puis il alla s'asseoir au piano et se mit à jouer un des chefs-d'œuvre de Beethoven avec un sentiment qui contrastait avec son extérieur lourd et presque bestial.

C'est ainsi que débuta la vie nouvelle de Grace, dans ce pays étranger, au milieu de personnes inconnues ; tous les liens qui la rattachaient au passé furent brisés, et en peu de temps, quand elle eut pris de nouvelles habitudes, elle retrouva la gaieté de son âge. Néanmoins elle n'oubliait pas Anne et ne pouvait éloigner toutes les préoccupations et les pressentiments qui l'obsédaient au sujet de son amie ; quand elle eut pris de nouvelles habitudes, elle consacra quelques instants, chaque jour, à rédiger un journal destiné à Mlle Studley.

CHAPITRE XIII

L'AVIS PUBLIÉ DANS LE *TIMES*

L'existence que Grace menait dans cette vieille petite ville germanique contrastait étrangement avec celle qu'elle avait connue jusque-là. La petite maison triste et tranquille de l'allée des Peupliers ne ressemblait en rien à la villa Chapone, pleine de jeunesse, de gaieté et de joyeux éclats de rire. Elle conservait le souvenir de ses compagnes de jeux et oubliait les maîtresses et les leçons qui plus d'une fois avaient assombri sa vie.

Grace avait offert à sa tante de la décharger d'une partie des soins du ménage; mais Mme Sturm, aussi méticuleuse en cela qu'en toutes choses, avait refusé avec mauvaise grâce, déclarant que, puisque la Providence jugeait bon de l'éprouver en lui envoyant une mauvaise santé, elle devait lutter contre ses souffrances, jusqu'à ce que la maladie la clouât sur son lit, et pourvoir elle-même à tous les besoins et au confort du professeur.

Quand le déjeuner était fini, que le brave M. Sturm éteignait sa pipe avec un soupir et revêtait sa houppelande flottante pour aller donner ses cours, que sa tante appelait Lisbeth pour discuter avec elle une décoction ou un médicament nouveau, Grace, suivie de Lucy Dormer, partait pour faire une longue promenade et rapportait avec de jolies joues roses un appétit qui effrayait même madame la professeur. L'hiver vient de bonne heure sur les bords du Rhin; la navigation du fleuve est vite interrompue, les cimes des montagnes se couvrent de neige, et le lac de la promenade se couvre de patineurs, d'officiers prussiens serrés dans leur tunique, et d'étudiants aux chevelures blondes et flottantes. La jolie Anglaise était bien connue de tous ces messieurs, qui venaient la solliciter pour lui faire accepter une place dans un de ces petits traîneaux à main qui permettent aux galants patineurs de faire faire le tour du lac aux dames moins habiles qu'eux.

Mlle Middleham n'avait pas à craindre la société de sa tante dans ces circonstances-là, car, dès les premières gelées, la vieille dame s'établissait au coin du poêle, et rien au monde ne lui eût fait quitter cette place de prédilection.

Quelles journées assommantes que ces journées
d'hiver ! Quand la matinée s'était écoulée tant bien
que mal, que le dîner — un de ces repas composés de
viandes, de lard et de farineux — était terminé, la
pauvre Grace n'avait d'autre ressource que de répondre aux incessantes questions de Mme Sturm.

Privée de prendre elle-même de l'exercice, la
femme du professeur, semblait considérer comme
une offense personnelle les promenades que sa nièce
se permettait, et, pendant qu'elle mettait la jeune
fille sur la sellette, le professeur se contentait de
sourire à la victime sans lui venir en aide, absorbé
par sa philologie du matin et son ethnologie de
l'après-midi.

M. Sturm parti pour l'Académie, le salon se remplissait peu à peu de visiteuses, qui arrivaient ar-
mées de leur tricot et se rangeaient en cercle autour
du poêle ; la conversation roulait sur les sujets
favoris de Mme Sturm ; on quittait la médecine
pour faire une incursion dans le royaume des cancans, puis on retombait sur un nouveau point de
tapisserie, et pendant que la société féminine, aussi
peu intéressante qu'instruite, savourait de nombreuses tasses d'un café dont un Français aurait
horreur, Grace, que rien de tout cela n'intéressait, car elle comprenait fort peu l'allemand, Grace
se perdait dans ses souvenirs et étouffait ses bâil-
lements.

Une fois les amies de Mme Sturm parties et le professeur rentré au logis, les choses s'amélioraient un peu, car alors on voyait arriver les collègues et les élèves de M. Sturm, la conversation était sérieuse, intéressante ; on causait science, littérature, histoire jusqu'après le souper. Après cela, quand on rentrait dans le sanctuaire du savant, celui-ci se mettait au piano et tenait ses auditeurs sous le charme, en leur jouant tour à tour du Weber, du Mozart ou du Mendelssohn ; les étudiants entonnaient parfois un chœur, et leurs vieux professeurs, qui n'avaient plus de voix pour faire leur partie, battaient la mesure avec les tuyaux de leurs longues pipes.

Il arrivait quelquefois à Grace de rester seule ; ces moments étaient plus rares qu'elle ne l'aurait voulu, parce que Mme Sturm était trop heureuse de lui mettre le grappin dessus pour lui faire subir l'énumération de tous ses maux ; mais enfin, dès que Grace pouvait réfléchir paisiblement, elle se demandait :

« Anne m'aime-t-elle toujours ? S'il en est ainsi, pourquoi ne m'écrit-elle pas ? »

Ce silence obstiné paraissait inexplicable à Grace, bien qu'Anne lui eût annoncé son intention d'obéir à son père, qui lui défendait toute communication avec elle. Il lui semblait impossible qu'en recevant sa première lettre, écrite aussitôt son arrivée à

Bonn, Mlle Studley n'y eût pas répondu au moins quelques lignes ; mais, comme le temps passait et que rien n'arrivait, elle résolut de faire une nouvelle tentative et d'envoyer sa lettre aux demoiselles Griggs, qui devaient évidemment savoir où demeurait le capitaine Studley ou comment on pourrait se procurer l'adresse d'Anne. Voici ce qu'elle écrivit à son amie :

« 100, allée des Peupliers, Bonn.

« Ma chère Anne, vous admirerez, j'espère, ma mansuétude et ma charité chrétienne, quand vous recevrez ces lignes, sachant, comme vous devez le savoir, que vous avez eu l'ingratitude de laisser ma première lettre sans réponse. Ne croyez pas que j'aie oublié tout ce que vous m'avez dit de la défense ridicule de votre père, qui voulait interrompre tout rapport entre nous. Je m'en souviens parfaitement, ainsi que de tout ce que nous avons dit certain jour, quand l'édit paternel vous a été apporté à Hampstead par une certaine personne dont vous avez cultivé la connaissance, j'espère. Mais je comptais que, même au prix d'un savon, vous m'auriez envoyé quelques mots. Puisque vous ne l'avez pas encore fait, je viens vous relancer une seconde fois, car je ne puis plus vivre sans nouvelles de vous. Si je manque encore mon but cette fois-ci, je n'ai pas oublié le signal dont nous sommes convenues, ni le mot d'alarme non plus. Je ne l'écris pas ici, de peur que ma prose ne tombe dans des mains profanes. Et puis ne sommes-nous pas convenues de n'en faire usage que dans un cas urgent? Or, pour le moment, il n'y a pas nécessité, malgré le grand désir que j'aurais de savoir ce que vous devenez. Quoique je sois fort perplexe à votre sujet, l'absence même du cri d'alarme me rassure sur votre sort. J'ai fait prendre un abonnement au *Times*, et je puis ainsi surveiller la colonne d'avis et faire le bonheur de ma tante, qui y trouve l'annonce de tous les remèdes nouveaux indiqués pour guérir tous les maux passés, présents et futurs.

« Je vous envoie ci-inclus une sorte de journal que j'ai écrit en partie pour m'occuper et m'amuser, en partie pour vous mettre au courant de mon genre de vie. Vous le trouverez peut-être un peu monotone; mais rien n'est plus uniforme que mes journées, je dirai même plus ennuyeux; les personnages qui m'entourent font les mêmes choses, disent les mêmes choses, tous les jours, à la même heure, comme mus par un mouvement d'horlogerie, et tout ce monde-là est plat, terre à terre, sans le moindre changement ni de fond ni de forme. Que je voudrais vous faire connaître ma tante! Je suis parfois confuse et humiliée quand je me rappelle avec quelle désinvolture et quel manque de respect

je parlais de ces bonnes vieilles Griggs. A côté de
Mme Sturm, Mlle Anna est un ange, et même
Mlle Marthe me semble agréable et charmante. Je
ne sais ce que je serais devenue sans le mari de
ma tante ; c'est la meilleure créature du monde,
horriblement antique de manières et de formes ; mais
c'est lui qui s'interpose entre moi et les manies assommantes de sa femme ; sans lui, je serais écrasée,
réduite au désespoir. Il est très bon musicien et joue
du piano d'une manière remarquable ; ses amis
viennent parfois le soir, et on chante de fort jolis
chœurs. Mais, ma chère, quels jeunes gens ! vous
souvenez-vous des descriptions idéales que nous
nous faisions des étudiants allemands ? Comme
l'idéal est loin de la réalité ! Ils ont bien parfois de
longs cheveux bouclés, mais ils y passent rarement
un peigne ou une brosse ! Et quant à leurs mains
grasses, courtes, sales, ils les ornent de grosses
vilaines bagues en similor, et résument leurs aspi-
rations poétiques en un nombre effrayant de bocks
de bière qu'ils consomment en chantant à tue-tête
des chansons à boire.

« Ces quelques notes explicatives étaient nécessaires
pour que vous puissiez comprendre mon journal et
l'existence presque intolérable qui est actuellement
mon partage. Vraiment, si ma majorité n'était pas
si prochaine, je demanderais à MM. Hillmann et
Hicks de me découvrir quelque autre asile en An-

gleterre. Mais, quand j'aurai atteint l'âge respectable de vingt et un ans, je serai maîtresse de mes actions, et j'aurai de l'argent plus qu'il ne m'en faudra pour accomplir tous mes désirs. Le premier de tous, celui qui me tient le plus au cœur, c'est de vous arracher au despotisme paternel, — pardonnez-moi cette expression un peu crue, mais vraie, — pour que vous passiez le reste de vos jours comme il vous conviendra, jusqu'au moment où *quelqu'un* viendra vous enlever à votre affectionnée.

« G. M. »

« P.-S. — Si quelque raison majeure vous empêchait de répondre à cette lettre, sachez que, dans un mois, je ferai usage de notre cri d'alarme et que vous êtes absolument tenue alors de me donner signe de vie. La promesse que vous m'avez faite prime toutes celles qu'on aura pu vous extorquer depuis notre séparation. »

Quelques jours après avoir expédié cette lettre à son amie, Grace était assise un matin près de la fenêtre, regardant, pour toute distraction, la neige qui tombait sans relâche, quand sa tante, qui parcourait un numéro du *Times*, s'écria :

« Quelle drôle de nom ! peut-on s'appeler « Tonique » !

— Comment dites-vous, ma tante ? demanda Grace en se retournant.

— « Tonique », ma chère; ce nom étrange m'a frappé dès le premier coup d'œil, car vous savez que je suis toujours à la recherche des annonces de médecine, et j'ai cru avoir mis la main sur quelque remède nouveau, tandis que l'article est ainsi conçu : « Tonique. Si G. M. lit ce cri d'alarme, « elle est instamment priée d'envoyer son adresse à « son amie à l'hôtel de Lille, à Paris, d'ici à dix « jours. »

— Qu'avez-vous lu, ma tante? dit Grace en pâlissant. Laissez-moi lire moi-même, je vous prie. Il faut que je voie ce que c'est. Oh ! je pensais bien que vous deviez faire erreur. Ce n'est pas « Tonique », mais « Tocsin. »

— C'est vrai ! répondit Mme Sturm; je suis tout à fait désappointée; je croyais avoir fait une précieuse découverte, et ce n'est qu'un simple avis, comme on en insère par douzaines dans ce journal, de gens qui réclament leurs amis sous des pseudonymes plus ridicules les uns que les autres.

— Savez-vous ce que ceci veut dire? cria Grace impatientée. C'est un cri d'alarme, un appel désespéré qui m'est adressé à moi, par la personne que j'aime le plus au monde. Je suis la G. M. dont il est question, et je vous remercie mille fois de me l'avoir signalé. J'attendais cet avis depuis si longtemps, et je l'ai si souvent cherché en vain que je commençais à me décourager.

— Quelle chose étrange ! murmura la femme du professeur ; j'espère qu'il s'agit de quelqu'un de convenable !

— Parfaitement convenable ; la personne qui m'appelle est une demoiselle, ma plus chère amie de pension ; nous étions convenues de ce signal pour nous avertir l'une l'autre qu'un danger quelconque nous menaçait. C'est elle qui réclame mon secours ; je suis prête à lui venir en aide.

— Je ne vois pas quel mal vous feriez en lui écrivant et en lui envoyant votre adresse. Nous pourrions bien lui fournir la pension alimentaire, quoiqu'il fût impossible de la faire coucher ici ; mais M. Schmidt, le maître d'hôtel de l'*Etoile d'or*, est un homme très recommandable, qui pourrait la recevoir, ou...

— Vous n'avez pas besoin de vous torturer l'esprit à son sujet, dit Grace ; il n'est pas du tout question qu'elle vienne ici. Elle pourrait être trop malade pour voyager, ou elle n'aurait pas assez d'argent peut-être, ou enfin mille autres obstacles. Non, je vais aller la rejoindre.

— Aller la rejoindre ? Y pensez-vous, ma nièce ? mais elle demande une réponse à Paris !

— Et qu'est-ce qui m'empêche d'aller moi-même lui porter ma réponse au lieu de lui écrire ?

— Vous partiriez pour Paris ? sans chaperon ? Le professeur ne peut interrompre ses cours, et je ne crois pas, du reste, que je consentirais à son départ. Ce serait impossible.

— J'aurai Lucy Dormer pour m'accompagner.

— Lucy? J'ai eu une assez mince opinion d'elle en tout temps, mais plus mince encore ces jours-ci. Elle erre comme une ombre dans la maison et ne me paraît bonne à rien. Elle m'impatiente.

— Il est certain que la pauvre fille n'est pas très bien depuis quelque temps ; elle ne se plaint pas ; mais, questionnée par moi, elle n'a pas pu nier son malaise. Le changement d'air lui fera du bien ; elle m'est dévouée, et, puisque je n'ai pas eu d'autre protection que la sienne pour venir de Londres à Bonn, je ne vois pas pourquoi elle ne me suffirait pas de Bonn à Paris. Je suis décidée à faire ce voyage, et elle viendra avec moi. »

Mme Sturm ne continua pas la discussion, bien qu'elle regardât Grace comme légèrement timbrée ; mais elle se réservait d'endoctriner le professeur en particulier, pour qu'il dît à son tour sa façon de penser à la jeune fille.

Le pauvre professeur eut donc un mauvais quart d'heure à passer quand il rentra à l'heure du dîner, car, avant même de lui permettre de s'asseoir, sa femme lui fit part de ses objections à ce qu'elle appelait « un manque complet de décorum, » et lui énuméra ses griefs contre son indépendante nièce. Le brave homme , qui était à jeun depuis huit

heures du matin et dont l'estomac criait famine,
écouta les doléances dont on le gratifiait, et, bien
que fort désireux de s'en débarrasser, il demeura
stoïque; tout en paraissant partager la manière de
voir de sa femme, il lui déclara pourtant qu'il at-
tendrait au soir pour s'expliquer avec Mlle Middleham.

Ce soir-là, fort heureusement, aucun visiteur ne
vint troubler la famille Sturm, et Grace fut appelée
dans le cabinet du professeur quand le souper fut
desservi. Elle le trouva enveloppé d'une grande
robe de chambre en flanelle grise, la pipe à la bouche ; il lui tendit les deux mains et la fit asseoir
près de lui.

« J'ai désiré causer un moment avec vous, mon
enfant, d'un sujet qui vous touche. Votre tante m'a
dit quelque chose qui me surprend, quoique nous
soyons assez habitués à vous considérer, vous tous
Anglais, comme froids et flegmatiques, peu accessibles à la colère ou à d'autres émotions. Ayant depuis vingt-cinq ans vécu avec votre tante, Anglaise
de naissance, j'ai pu me convaincre que sa nation
sait ce que c'est que la colère et l'impatience.
Mais quant aux autres émotions, l'enthousiasme,
le sentimentalisme, etc., je crois plus que jamais que
cela n'existe que dans les ouvrages d'imagination
et non pas en réalité. Aussi ne puis-je encore comprendre comment vous avez pu avoir une idée plus

romanesque que toutes celles qui pourraient germer dans des cerveaux germaniques et vouloir vous
mettre en route sans chaperon. Est-ce vrai ?

— Pas tout à fait, mon oncle, répondit Grace avec
ce franc sourire qui lui gagnait les cœurs, car je
ne compte pas partir seule, et de nos jours un
voyage en chemin de fer n'a rien de bien effrayant.

— Là! voyons, ma chère enfant; raisonnons;
votre projet n'est-il pas un peu excentrique? Depuis
que vous êtes notre hôte, j'ai remarqué avec plaisir
(cela ressemble si peu à votre tante !) votre bon
sens pratique ; aussi je comprends d'autant moins
que vous puissiez avoir une pareille idée.

— Mon cher oncle, dit Grace en posant doucement sa main sur celle de M. Sturm, laissez-moi
vous expliquer les motifs qui m'ont poussée à cette
résolution ; quand vous les connaîtrez, je ne crains
plus que vous m'accusiez d'être excentrique ou romanesque. Pendant mon long séjour à la pension,
je n'ai formé qu'une amitié, et j'aime de tout mon
cœur une bonne et aimable jeune fille ; vous parliez tout à l'heure de mon bon sens, mais à côté d'elle
j'étais une étourdie. Sa famille était peu connue;
à peine avait-elle quelques rapports aussi rares que
superficiels avec son père, et ce que j'ai appris sur
son compte m'a fait une impression défavorable.
Avant notre séparation, elle m'a communiqué un
billet par lequel son père lui défendait de conserver

aucun rapport ou aucune correspondance avec aucune de ses compagnes; je lui ai écrit deux fois sans recevoir de réponse. Mais, comme j'avais un pressentiment qu'elle aurait des jours difficiles à traverser, nous étions convenues de nous avertir l'une l'autre par un avis inséré dans le *Times*. J'ai vu cet avis ce matin même, et comme je connais assez mon amie pour être sûre qu'elle ne m'appellerait qu'à la dernière extrémité, rien ne saurait me retenir loin d'elle, et je pars pour Paris demain matin.

— Einé braves Mädchen bist du (Tu es une brave fille), dit le professeur en s'essuyant les yeux du revers de la main et en l'embrassant sur le front. Je n'ai pas le droit de vous empêcher de partir, et, lors même que je l'aurais, je n'en userais pas. Mme Sturm sera plus difficile à convaincre que moi; mais je me charge d'affronter l'orage; ce ne sera ni le premier ni le dernier. »

« Regrettez-vous beaucoup de quitter la maison de Mme Sturm, Lucy? demanda Grace à sa femme de chambre pendant qu'elles attendaient ensemble à Cologne le train direct pour Paris. J'espère que le changement d'air vous fera du bien.

— Je ne me sens pas parfaitement, en effet, mademoiselle, quoique je n'aie pas voulu vous tourmenter de mes plaintes. La nourriture est lourde et malsaine, et ces grands poêles donnent des maux de tête. On dit qu'à Paris il y a des cheminées, quoique je me demande comment on parvient à se chauffer avec du bois. Une fois là-bas, je serai vite tout à fait remise. »

Mais Lucy Dormer se trompait, car, en arrivant à l'hôtel de Lille, elle était si malade que Grace la fit mettre au lit et envoya de suite chercher un médecin.

CHAPITRE XIV

JEU DE CACHE-CACHE

Le capitaine Studley regarda la femme de chambre avec le plus grand étonnement. Elle avait un minois chiffonné et des yeux espiègles qui riaient de la déconvenue du capitaine. Dans un tout autre moment, le vieux mauvais sujet aurait sûrement remarqué l'air provoquant de la jeune soubrette; mais la nouvelle qu'il venait d'apprendre l'absorbait entièrement.

« Avez-vous vu mademoiselle sortir? ou bien l'avez-vous appris par un tiers?

— Mais certainement, je l'ai vue de mes propres yeux; elle est sortie de sa chambre pendant que je balayais le salon; elle m'a dit bonjour en le traversant.

— Avait-elle quelques colis avec elle, un sac de nuit, quelque chose?

— Pas le moins du monde. Tout le bagage de mademoiselle est encore dans sa chambre, à la même place qu'hier. Monsieur peut voir. Je crois même que tout est encore fermé à clef. Elle n'a, je crois, touché à rien.

— Mais elle s'est couchée pourtant ? reprit le capitaine ; elle était exténuée hier au soir et paraissait impatiente d'être seule.

— Je pense qu'elle a dû reposer, car le lit est défait ; mais je crois que mademoiselle a écrit avant de se coucher, le secrétaire a été ouvert, et il y a beaucoup de papier déchiré sur le plancher.

— Du papier déchiré ! pas de lettre ?

— Aucune, répondit la femme de chambre ; du reste, je n'ai rien touché, et monsieur peut les examiner si cela lui plaît. »

Cela plut au capitaine. Il renvoya la jeune fille avec quelques mots de remerciements, entra dans la pièce voisine et se mit à examiner un à un les fragments de papier qui jonchaient le sol ; mais rien ne vint satisfaire sa curiosité : quelques mots, soit en français, soit en anglais, des expressions qui n'éclaircissaient pas la situation. Il revint au salon peu satisfait ; il alluma un cigare et se mit à réfléchir, tout en marchant en long et en large.

Sa fille avait disparu par suite d'un plan formé d'avance. Ce n'était pas depuis son arrivée à Calais qu'elle avait résolu de se séparer de lui ; elle avait un peu d'argent qu'il lui avait remis pour divers achats, et cette petite somme pouvait lui suffire pendant quelques jours. Dans quel but se privait-elle de sa protection à un pareil moment? Serait-il possible qu'elle eût consenti à tout ce qu'on avait exigé d'elle, dominée par la crainte, et serait-elle retournée en Angleterre pour déjouer tout leur plan si habilement conçu? Irait-elle dénoncer les auteurs du meurtre de M. Danby? Heath était à l'abri, par la nouvelle relation qui existait entre eux; mais le capitaine pouvait être compromis, perdu, par le seul témoignage d'Anne! Il fallait donc prendre sans délai un parti prompt et décisif, et partir pour un pays lointain où il pourrait se cacher.

Après quelques instants de réflexion, le capitaine se dit qu'une pareille conduite ressemblerait peu à sa fille; qu'elle avait sans doute voulu faire un tour dans la ville, et qu'après une bonne nuit de repos elle était allée faire une simple promenade; il n'en était pas moins très essentiel qu'elle ne vît personne et ne liât conversation avec qui que ce fût; aussi le capitaine prit-il son chapeau pour se mettre à la recherche d'Anne. Il connaissait depuis longtemps ses diverses manières de tuer le temps; aussi se dirigea-t-il du côté de la jetée, traversant pour s'y rendre la place du Marché. Là, tout était vie et activité; les charrettes de denrées de toutes

espèces arrivaient de la campagne : les corbeilles
d'œufs, les monceaux de légumes, les cages de vo-
lailles ; les marchands criaient, débattaient les prix,
harcelaient les cuisinières, tout cela assaisonné de
lazzis, de jeux de mots, de plaisanteries. Aussi pour
un étranger, qui ne comprenait que peu de chose à
ce langage, le spectacle consistait plus dans le
mouvement et la pantomime animée de ce peuple
que dans les paroles mêmes. Tout en prenant grand
plaisir à tout ce qu'il voyait, le capitaine n'oubliait
pas le but de sa promenade matinale ; aussi établit-
il son poste d'observation tout à l'entrée du port,
de manière à surveiller l'embarcadère des paque-
bots anglais.

Il ne doutait pas que, si Anne voulait le quitter,
elle ne retournât en Angleterre ; l'idée ne lui vint
pas un instant qu'elle pût tenter de poursuivre son
voyage jusque dans l'intérieur de la France. Mais
les heures passaient ; la matinée était écoulée, et
Anne n'avait pas paru. Malgré son calme naturel,
M. Studley commençait à se sentir envahi par une
vague inquiétude : il se rassurait lui-même en
pensant que sa fille serait rentrée à l'hôtel, après
avoir visité la ville ; mais, quand il s'informa au
bureau de l'*Étoile d'or*, on lui répondit que personne ne l'avait vue.

Quand Anne s'était retirée dans sa chambre la
veille au soir, elle était tellement épuisée par les

émotions et par la fatigue du voyage qu'elle avait
à peine eu la force de se déshabiller, et, aussitôt
étendue dans son lit, elle s'était profondément endormie. Mais ce sommeil ne pouvait durer longtemps, et quelques heures après elle se réveillait,
encore brisée physiquement, mais ayant repris
toute sa lucidité d esprit et toute son énergie. Elle
avait été sans cesse poursuivie des scènes horribles
auxquelles elle avait assisté, et, son imagination
aidant, elle avait fini par confondre la réalité déjà
si affreuse avec les rêveries plus affreuses encore
de sa maladie. Constamment surexcitée par ces
souvenirs, toujours sur le qui-vive, dans la crainte
de voir reparaître le meurtrier, épouvantée à la
pensée qu'il fallait l'épouser pour sauver son père
de la honte et peut-être de la mort, la pauvre
enfant n'avait pas encore pu envisager sa position
dans toute son étendue, ni comprendre toutes les
conséquences de son mariage. Maintenant il en
était autrement; elle rassembla ses idées plus ou
moins confuses, bien résolue à regarder l'avenir
en face et à choisir la route qu'elle croyait devoir
suivre.

Son père lui avait promis qu'aussitôt le mariage
célébré elle ne reverrait jamais M. Heath; jusqu'ici,
il avait tenu sa promesse, car, s'ils avaient voyagé
dans le même train jusqu'à Douvres, ils étaient dans
des wagons différents, et sur le steamer elle ne

l'avait même pas aperçu. Mais les choses pour-
raient-elles continuer ainsi? Une fois qu'il la croirait
soumise à son sort, ne voudrait-il pas, comme la
loi lui en donnait le droit, la forcer à demeurer
avec lui, pour la surveiller constamment et pour
qu'elle lui servît de sauvegarde? A cette seule
pensée, tout son être frémissait d'horreur, et elle
préférait la misère, la faim, le dénuement, la mort
même, à la honte de vivre sans cesse à côté d'un
assassin.

Mais son père?... devait-elle le quitter? où irait-
elle? quel ami possédait-elle? M. Studley lui avait
parlé de son intention de la conduire en Italie, et
là de se fixer avec elle dans quelque paisible retraite, où l'on ne parviendrait pas à les découvrir.
La perspective de vivre avec un homme aussi méprisable, aussi dégradé, révoltait tous ses sentiments de droiture et d'honneur. Non! Elle avait
assez fait pour ce père, si peu digne de ce nom,
en consentant à épouser Heath : elle lui avait sauvé
la vie, assuré l'impunité; désormais, elle ne lui
devait plus rien, elle se sentait libre de songer à
elle-même, à son repos. Il fallait donc fuir, et fuir
sans retard. Mais où? En Angleterre, elle n'avait
pas d'autres amis que les demoiselles Griggs, et on
ne manquerait pas de l'y chercher. Il valait mieux
rester en France et se cacher comme elle le pourrait
pendant quelques jours au moins, puis elle aviserait.

Elle ne pouvait rester à Calais, on l'y découvrirait tout de suite ; tandis qu'une fois à Paris, perdue dans cette grande ville, elle pourrait sans doute se tirer d'affaire ; mais, afin de mieux dérouter les démarches du capitaine, elle s'arrêterait dans quelque petite ville du Nord pendant qu'on la chercherait à Paris.

Anne s'habilla aussi vite que possible, essaya d'écrire à son père, mais, ne pouvant réussir à sa guise, elle attendit avec impatience que l'heure lui permît de sortir sans exciter de soupçons. Elle prit à la main un petit sac qui contenait toute sa fortune, deux cents francs environ, salua en passant la femme de chambre, le garçon qui cirait les escaliers, et se trouva dans la rue. Sept heures sonnaient ; la plupart des maisons étaient encore fermées ; à peine quelques servantes matinales paraissaient-elles aux portes ; les paysans arrivaient au marché, les charrettes de comestibles n'étaient pas encore déchargées. La ville entière s'éveillait lentement, et c'est à peine si à la gare du chemin de fer il y avait un peu plus de mouvement. Un train allait partir pour Amiens : il n'allait pas plus loin ; Anne résolut de le prendre, car sans doute peu de personnes s'arrêtaient pour visiter cette ville, et elle pourrait séjourner là quelques jours. En y arrivant, elle arrêta une petite chambre propre, modeste et bon marché dans l'*Hôtel du*

Rhin, tenu par une brave Alsacienne, qui se prit au premier abord d'une vive sympathie pour cette étrangère si pâle, si triste et si faible. La pauvre Anne ne savait comment passer son temps dans un pays inconnu et qui n'offrait pas grandes ressources; mais elle faisait de courtes promenades aux environs et passait de longues heures dans la cathédrale, où tout lui parlait de paix et de repos. Le chant des prêtres, l'odeur de l'encens, et jusqu'au silence qui régnait sous ces voûtes sombres, tout contribuait à détendre ses nerfs, à calmer son cœur et à élever son âme vers la seule source du vrai repos. Ce fut dans cette église que pour la première fois Anne se souvint de la promesse échangée avec Grace; elle ne cessait de penser à son amie avec un sentiment de tendresse indéfinissable; mais, jusque-là, elle n'avait pas songé que Mlle Middleham pût lui être secourable; tout d'un coup, elle se rappela le cri d'alarme qu'elles devaient l'une ou l'autre insérer dans le *Times*, et elle résolut d'en profiter. La grande difficulté était de faire parvenir l'avis au journal, et ce ne fut qu'après avoir longtemps cherché à qui elle pourrait s'adresser pour lui rendre ce service, qu'elle pensa à une ancienne domestique des demoiselles Griggs, qui s'était mariée depuis longtemps et qu'elle n'avait jamais perdue de vue; elle lui envoya l'annonce et le montant de l'insertion, la suppliant de la porter sans retard.

Après avoir expédié sa lettre, Anne se prépara à poursuivre son voyage et aller attendre à l'*Hôtel de Lille*, à Paris, la réponse qu'elle sollicitait de Grace et qui ne pouvait pas tarder. Après avoir fait ses adieux à son hôtesse, Anne se rendit à la gare. Pendant qu'elle attendait le passage du train pour Paris, un autre train venant en sens contraire et se dirigeant sur Boulogne s'arrêta sur le quai; elle regardait au travers des vitrages, sans même se rendre compte de ce qu'elle faisait, quand elle tressaillit tout à coup et se rejeta en arrière : elle venait d'apercevoir son père qui fumait un cigare en se promenant devant le compartiment des dames, avec lesquelles il paraissait être en fort bons termes. Cachée derrière un pilier, elle suivait avec angoisse tous les mouvements du capitaine, et poussa un soupir de soulagement quand elle le vit remonter en wagon et repartir dans une direction opposée à la sienne. Désormais elle était sauvée !

Il était tard quand Mlle Studley arriva à la gare du Nord ; elle eut quelque peine à se reconnaître au milieu de tout le tumulte des hommes d'équipe, des chars de bagages, des voyageurs affairés, mais enfin elle put se procurer un fiacre et se faire conduire à l'*Hôtel de Lille*. Mais, même dans l'hôtel, il y avait un mouvement inusité ; tout le monde semblait avoir perdu la tête, et elle dut attendre un certain temps avant d'obtenir une réponse à

sa question : « Y a-t-il une lettre pour Mlle Studley? »
Non, rien n'était arrivé.

Toute démoralisée, elle allait se retirer, quand la
dame de comptoir lui dit qu'il y avait dans l'hôtel
une dame anglaise qui était fort malade, et, pendant qu'Anne lui demandait quelques détails, une
femme de chambre entra dans le bureau en courant,
et aux questions qui lui furent posées elle répondit
seulement : « Elle se meurt, elle est à l'agonie ! »

CHAPITRE XV

L'HOTEL DE LILLE

Grace Middleham s'était persuadé que sa femme de chambre souffrait uniquement du changement de climat et de nourriture et que, dès qu'elle aurait quitté Bonn, elle se rétablirait promptement. Quel ne fut pas son désappointement quand elle constata, à son arrivée à Paris, que Lucy Dormer était non pas indisposée, mais sérieusement malade. Elle fut donc obligée, malgré la fatigue du voyage, de songer tout de suite aux mesures à prendre d'autant plus que dans un hôtel on n'aime guère les malades, et surtout ceux qui sont atteints de fièvres contagieuses. Au bout de quelques heures, une sœur de charité était installée au chevet de la jeune fille, un médecin avait été appelé, et Grace voulait elle-même partager les soins à donner à sa compagne.

Elle ne quittait la pauvre fille que pour prendre
l'air pendant quelques instants et faisait à la hâte
le tour du jardin des Tuileries. Elle rapportait quelques fleurs ou quelques grappes de raisin à la
pauvre Lucy, qui, plongée dans une torpeur physique et morale, semblait à peine se rendre compte
de ce qui se passait autour d'elle.

Quelles longues journées et quelles nuits plus
longues encore passait la pauvre Grace, et comme
les moindres détails de cette chambre se gravaient
dans son esprit ! Le lit, au fond de l'alcôve, et sur
lequel se tournait et retournait la pauvre malade ;
le canapé de velours rouge qui servait alternative-
ment aux garde-malades ; le cabinet de toilette,
avec sa cuvette blanche et son aiguière brillante ;
deux miroirs, dont l'un colorait en vert tout ce qui
s'y reflétait et dont l'autre donnait une couleur sa-
fran aux teints les plus frais et les plus vermeils ; la
pendule de marbre noir qui ornait la cheminée, en
compagnie de vases de fleurs artificielles, recouvertes d'un globe en verre, et l'éternelle odeur de
renfermé et de soupe aux choux qui prenait à la
gorge ! telles furent les premières impressions de
Grace dans ce Paris, qu'elle avait tant rêvé de connaître ! La fenêtre donnait sur une cour, et quand
le bruit sourd d'une voiture passant sous la porte
cochère annonçait l'arrivée de quelque voyageur,
Grace tirait de côté le store de mousseline pour

assister à l'arrivée ou au départ des étrangers. Elle
aurait souri avec incrédulité si quelqu'un lui avait
prédit, quelques jours auparavant, qu'elle s'inté-
resserait aux mouvements de gens inconnus, qu'elle
suivrait avec plaisir le va-et-vient des garçons
d'hôtel, transportant de vastes plateaux ou de
lourdes piles d'assiettes ; qu'elle étudierait la face
rubiconde du concierge, qu'elle épierait l'arrivée
du facteur, que même la blanchisseuse avec son
grand panier serait pour elle une véritable distraction. Mais c'étaient les seuls changements dans ses
journées monotones, car, lorsque la sœur de charité n'était pas occupée de sa malade, elle restait
invariablement les yeux fixés sur son livre de
prières et ne se permettait pas la moindre cau-
serie.

Le docteur qu'on avait appelé dès le premier
jour était un Français, sérieux, calme et d'une politesse parfaite ; il n'était pas pour les innovations en
médecine et regardait les anciens systèmes comme
seuls praticables ; il faisait un grand usage de sa
lancette et assurait que les tisanes et les cata-
plasmes venaient à bout de toutes les maladies. Si
donc Mlle Lucy Dormer ne se rétablissait pas, il
fallait l'attribuer à sa constitution particulière et
non au traitement qu'elle suivait. Il fut bientôt
évident que l'état de la pauvre fille empirait de jour
en jour, si bien que Grace remercia le Dr Gouvry

et fit appeler un médecin anglais. Pendant les premiers jours, les nouveaux remèdes appliqués parurent remonter la malade; la vue du Dr Meredith, qui lui parlait dans sa langue maternelle et qui surtout essayait de lui donner confiance et d'agir sur le moral, lui faisait du bien, et, si la convalescence ne s'annonçait pas encore, on pouvait espérer du moins que le mal était enrayé. Cette illusion ne fut pas de longue durée, et le docteur lui-même dut prévenir Grace qu'une issue fatale lui paraissait inévitable et imminente. Mlle Middleham avait communiqué cette opinion à la sœur de charité; celle-ci l'avait redite à la femme de chambre de l'hôtel, et c'est celle-ci qui en descendant de l'appartement de la malade, avait annoncé l'agonie de la pauvre Lucy, au moment où Mlle Studley arrivait.

C'était l'heure à laquelle sœur Marie s'absentait pour prendre un peu de repos ou pour aller à l'église, et Grace était toute seule auprès de la malade, songeant avec chagrin à la mort qui approchait, quand on frappa à la porte. En se retournant pour voir qui entrait, elle poussa un cri en tendant les bras.

« Oh ! que Dieu soit béni! s'écria Anne Studley en s'avançant vers elle et en la serrant tendrement sur son cœur.

— Ne me croyez pas folle, Grace, dit-elle en sanglotant, quoique le bonheur de vous revoir, joint à

tout ce que j'ai traversé ces temps-ci, me tourne
un peu la tête!

— Vous arrivez seulement, chérie? demanda
Grace.

— A l'instant. Je croyais trouver une lettre de
vous ici, et, quand on m'a répondu qu'il n'y en
avait pas, j'allais partir, le désespoir dans l'âme,
quand une domestique est passée près de moi en
disant qu'une Anglaise se mourait dans la maison.
En apprenant qu'une compatriote se trouvait ainsi
dans la détresse, j'allais offrir mes services, quand
votre nom fut prononcé; je crus que j'allais perdre
connaissance; mais, rassemblant toutes mes forces,
je me fis indiquer votre chambre, comptant vous y
trouver dangereusement malade, et maintenant,
ajouta Anne avec un triste sourire, maintenant que
je vois ma méprise, la réaction se fait, et je me
sens trop heureuse.

— Votre sollicitude à mon égard vous a fait
faire fausse route, ma chère Anne, car je n'ai jamais été même indisposée; mais c'est Lucy Dormer,
la jeune fille qu'on m'avait donnée comme compagne en même temps que comme femme de
chambre, qui est là dans ce lit, mortellement at-
teinte, je le crains. »

Elle indiquait l'alcôve de la main en disant ces
mots. Anne s'avança doucement et tira les rideaux
pour voir la malade.

« Mon expérience personnelle, dit-elle en secouant la tête, me fait croire comme vous qu'il y a peu d'espoir de guérison pour cette pauvre fille. Dieu lui soit en aide! Il est triste de mourir dans un pays étranger, loin de tous les siens. La malheureuse a droit à toute notre sympathie, et je m'en veux de me sentir, malgré cela, si heureuse de vous revoir saine et sauve.

— Parlez-moi un peu de vous, chérie, reprit Grace avec tendresse; vous étiez fière, et non sans cause, de votre belle santé, et je ne retrouve que l'ombre de vous-même, au bout de quelques semaines de séparation. Vous avez fait allusion à une maladie; étiez-vous en état de voyager?

— Vous vous souvenez, ma chère Grace, que je n'ai jamais été portée à l'exagération, en sorte que vous jugerez de l'absolue nécessité qu'il y avait pour moi à vous revoir, quand je vous dirai que, eussé-je été mourante, je me serais fait porter auprès de vous.

— Il faut en effet que vous ayez eu bien besoin de moi, répondit Mlle Middleham en passant ses bras autour du cou de son amie; je l'ai compris en lisant l'avis du *Times*. Je l'ai dit au bon vieux bonhomme qui a épousé ma tante et auquel je devais une explication de mon départ précipité, car il fallait que vous fussiez réduite au désespoir pour pousser ce cri d'alarme. Aussi rien au monde n'au-

rait pu m'empêcher de répondre à votre coup de
« tocsin ».

— Et, au lieu d'une lettre que je cherchais et que
j'attendais, vous êtes venue en personne. Jamais
je n'aurais osé en demander autant.

— Osé? répéta Grace ; vous parlez de ne pas oser,
quand vous savez pourtant que tout ce que je possède, ma vie même si elle pouvait vous être utile,
oui tout vous appartient, chérie! »

Elle parlait avec la vivacité et la chaleur de son
cœur aimant. Il y avait bien peu de temps que les
deux amies étaient séparées, et cependant cette
voix aimée, ces assurances de tendresse romanesque, sonnaient étrangement aux oreilles d'Anne ;
elle avait vécu un siècle en quelques jours ; la vie
avait perdu pour elle toutes ses illusions, toutes ses
espérances, et il lui semblait impossible que quelqu'un ici-bas crût encore à l'amitié ou au bonheur.

« Je n'ai jamais douté de votre affection, ma
chère Grace, répondit Anne avec effort, et je n'avais
pas besoin de cette nouvelle preuve de dévouement.
Je vous mettrai encore à l'épreuve dans l'avenir,
car je compte sur vous comme sur moi-même.

— Vous me trouverez fidèle au poste, repartit
Grace ; mettez-moi à l'épreuve ; mais avant cela il
faut vous reposer ; vous avez l'air horriblement
fatigué, et l'atmosphère de cette chambre de malade ne peut que vous faire du mal. Oh! ne crai-

gnez rien pour moi; depuis dix jours, sœur Marie
et moi, nous nous sommes partagé les soins à
donner à ma pauvre Lucy, et je continuerai jusqu'à
la fin. Faites-vous donner une chambre près de
celle-ci; couchez-vous quelques heures, et, quand
j'aurai un moment de relâche, je viendrai vous
rejoindre; alors vous me raconterez tout ce qui vous
est arrivé depuis que je vous ai quittée. »

Tout ce qui lui était arrivé depuis leur séparation! Cette phrase résonnait encore aux oreilles
d'Anne, pendant qu'elle arpentait sa chambre de
long en large et qu'elle réfléchissait à ce qu'elle
devait faire. Dans un moment de désespoir, elle
avait imploré le secours de son amie, et, maintenant
qu'elle l'avait rejointe, elle ne savait plus quelle
route elle devait suivre. La tendresse enfantine de
Grace la surprenait. Elle n'aurait pas pu énumérer
à qui que ce fût les raisons qui lui avaient fait
prendre la fuite et réclamer l'aide de son amie, et,
à celle-ci moins qu'à tout autre, elle pourrait révéler les infamies dont elle était l'innocente victime.
Il fallait pourtant arrêter un plan de conduite, et
sans retard, car Grace allait venir, lui raconterait
l'histoire de sa vie en Allemagne et tout naturelle-
ment demanderait à son tour comment Anne avait
passé son temps depuis qu'elles ne s'étaient vues,
et surtout quelle raison majeure avait pu la décider
à l'appeler près d'elle.

Que faire?

Le seul fait que Grace, au lieu de répondre par
lettre, était venue en personne, prouvait assez quelle
profonde affection elle portait à Mlle Studley; elle
possédait un fond de bon sens et de dévouement
qui n'avait jamais été mis en jeu, et, dans des circonstances moins horribles, Anne n'aurait pas hésité
un instant à la prendre pour confidente; mais, dans
le cas actuel, il ne fallait pas y songer. Elle pouvait
mettre son amie à une épreuve plus difficile encore;
elle lui demanderait de ne pas la questionner sur
les raisons qui l'avaient forcée à recourir à elle,
mais à lui fournir les moyens de commencer une
vie nouvelle, sous un nouveau nom et dans un pays
etranger. Elle pourrait ainsi gagner sa vie, sans
être à charge à personne, et sans que la honte et
l'infamie qui pesaient sur elle, comme fille et femme
d'êtres indignes, pût rejaillir sur Mlle Middleham.

Quel avenir s'ouvrirait devant elle?

Il fallait y réfléchir aussi. Elle n'avait aucune
ressource personnelle; il fallait absolument cacher
son identité et vivre à l'avenir sous un faux nom.
Elle savait que Grace avait toujours désiré la conserver auprès d'elle; mais comment? Une idée lumi-
neuse lui vint tout à coup. Elle savait que le médecin
avait condamné la pauvre Lucy; Grace croyait à
une solution fatale, et Anne elle-même, en voyant
la malade, avait compris qu'elle n'avait plus que

quelques heures à vivre. Pourquoi ne prendrait-elle
pas la place qui allait devenir vacante? Elle n'aurait
pas des devoirs bien pénibles à remplir, elle serait
constamment auprès de Grace, et, sous le prétexte
de leurs rapports de maîtresse et de femme de
chambre, elles pourraient défier les questions et
les curiosités du dehors. On ne s'informerait pas
de son passé, et elle pourrait ainsi vivre en toute
sécurité. Jamais ni son père ni son mari ne vien-
draient la chercher dans la famille d'une de leurs
victimes.

Plus Anne réfléchissait à ce projet, plus il lui
paraissait sage. Pour vivre avec Grace, pour être
à l'abri des poursuites du misérable auquel elle
était unie, pour fuir son père, qui aurait pu l'obliger
à vivre près de lui, Anne aurait accepté les plus
humbles fonctions. La position qu'occupait Lucy
Dormer, plutôt compagne que femme de chambre, et la délicatesse de sentiments de Grace, sauraient certainement adoucir les difficultés pour
Anne. Une fois casée de manière que les deux
hommes qu'elle redoutait eussent perdu ses traces,
Anne serait sauvée pour le présent, et, quant à
l'avenir, Dieu y pourvoirait.

Un léger coup frappé à sa porte vint interrompre
ses méditations; Grace se présenta sur le seuil, le
visage baigné de larmes; Anne comprit ce qui avait
dû se passer.

« Oui, chérie, dit Grace en réponse au regard
interrogatif de son amie, tout est fini ; elle est morte
presque immédiatement, lorsque vous m'avez eu
quittée ; elle a pu encore me sourire et porter ma
main à ses lèvres, puis elle s'est paisiblement endormie de son dernier sommeil.

— Pauvre enfant ! combien je la plains de mourir
si jeune et loin de sa famille ! Je pense que ses parents ne pourront pas arriver pour lui rendre les
derniers devoirs, puisque, selon les usages français,
l'ensevelissement doit avoir lieu dans les quarante-
huit heures.

— Elle était orpheline, et la seule sœur qui lui
restait est morte quelques mois avant qu'elle entrât
chez moi.

— Le nuage le plus sombre a toujours un côté
lumineux, répondit Anne ; si je n'avais pas été dans
la détresse, je ne me serais pas trouvée près de vous
dans cette circonstance, tandis que j'ai le privilège
de vous consoler.

— Vous reprenez instinctivement votre rôle de
consolatrice et de mentor, Anne, reprit Grace avec
un sourire. Vous oubliez déjà que c'est *vous* qui avez
appelé au secours, et *moi* qui suis venue pour vous
aider. Je suis impatiente d'apprendre quels sont les
chagrins qui vous ont envahie, car il faut que vous,
la patience incarnée, ayez été vraiment submergée
par la douleur pour agir comme vous l'avez fait.

— Ma chérie, dit Anne en prenant les deux mains de Grace dans les siennes, je me suis demandé comment je pourrais vous raconter les événements qui se sont passés dans ma vie pendant ces quelques semaines, et comme je sens que cette confidence est impossible, sinon dangereuse, j'ai résolu de vous demander de me laisser garder un silence absolu sur ce douloureux passé. S'il ne s'agissait que de moi, je n'aurais pas une pensée que je ne vous découvrisse ; mais, si je parle, je puis compromettre ceux avec lesquels, pour mon malheur, je suis intimement unie. Ayez confiance en moi, mais permettez-moi de me taire.

— Compromettre ceux qui vous tiennent de près ? murmura Mlle Middleham.

— Oui, mes plus proches parents, répéta Anne ; Grace, quand je vous ai appelée à mon secours, c'était afin que vous me sauviez de la puissance paternelle !

— De votre père ? demanda Grace en reculant.

— Ne vous éloignez pas de moi, Grace. Vous croyez peut-être que je perds la tête ; malheureusement, je n'ai jamais été plus lucide que dans ce moment. Je vous ai dit, quand nous étions à la pension, que, bien que le capitaine Studley fût mon père, je le connaissais peu et ne savais absolument rien de sa position ni de sa manière de vivre, et que beaucoup de choses me paraissaient étranges

dans sa conduite. Eh bien, Grace, maintenant, je
sais ce qu'il est, pour ma honte et mon éternelle
douleur !

— Ma pauvre bien-aimée ! s'écria Grace en serrant
son amie dans ses bras, n'y pensez plus, car désormais vous serez à l'abri près de moi.

— C'est justement ce que je voudrais, Grace ;
être pour toujours loin de lui, lui faire perdre mes
traces, disparaître du monde des vivants, me faire
passer pour morte, voilà tout ce que j'ambitionne
et ce que vous pouvez faire pour moi !

— Tout ce que vous désirerez sera fait, Anne.

— Eh bien, voici ce que j'ai imaginé, reprit
Mlle Studley avec plus de calme, et la Providence
paraît faciliter mon plan. La mort de la pauvre
Lucy favorise mes vues ; laissez-moi prendre sa
place et retourner avec vous à Bonn en qualité de
femme de chambre. Vous pourrez parler de mon
arrivée à votre tante, en lui annonçant la mort de
Lucy ; vous lui direz que vous avez trouvé à Paris
une compatriote, une jeune veuve, qui vous convient.

— Comment pouvez-vous supposer que je con-
sente à vous considérer comme ma femme de
chambre, Anne ?

— Parce que c'est la seule manière dont vous
puissiez m'être vraiment utile. Ecoutez-moi, chérie ;
il faut de toute nécessité que je me cache pour un

temps; si l'on me découvrait, ma sûreté serait compromise, peut-être même ma vie. Vous trouvez que
je divague? Vous vous trompez; il faut, entendez-
vous, il faut qu'Anne Studley disparaisse de la
scène de ce monde, et le meilleur, le plus sûr
moyen, est de me faire passer pour votre domestique. »

Mlle Middleham resta quelques instants silen-
cieuse, puis elle reprit :

« Ne croyez pas, ma chérie, que j'hésite à me
confier implicitement en vous ; mais il me semble
impossible de vous parler, devant le public, autrement que comme à une sœur tendrement aimée ;
mais, puisque vous désirez qu'il en soit ainsi, je me
soumettrai à vos désirs. Pendant la fin de mon séjour en Allemagne, nous serons beaucoup ensemble
dans mon appartement particulier, et dans un an,
quand je serai majeure, peut-être ne sera-t-il plus
nécessaire pour vous de vous cacher, et nous pourrons voyager où bon nous semblera. »

Grace quitta son amie pour donner quelques
directions quant au convoi de Lucy Dormer et
pour écrire à Mme Sturm ; elle lui disait dans cette
lettre qu'à peine arrivée à Paris l'état de sa femme
de chambre avait empiré ; qu'elle venait de mourir,
mais que la maîtrese d'hôtel lui avait chaudement
recommandé une compatriote, une jeune veuve
qu'elle ramènerait dans quelques jours. Elle ne

prolongerait pas son absence, car le but de son voyage était manqué : elle n'avait pas trouvé son amie.

Ce même soir, pendant que Mlle Middleham, épuisée d'émotion et de fatigue, dormait profondément, Anne prit la plume et écrivit à son père ce qui suit :

« Je vous adresse ces lignes, au lieu de vous dire adieu de vive voix, ce que les circonstances m'ont empêchée de faire. C'est la dernière fois que vous entendrez parler de moi ; la vie est devenue trop pesante pour moi ; je ne puis porter ce fardeau seule et sans amis. Je ne doute pas que vous n'eussiez voulu me venir en aide ; mais je sais que vous êtes au pouvoir d'un misérable, et impuissant à me défendre et à vous défendre vous-même. J'ai résolu d'en finir avec la vie, et je vous dis adieu. Ne faites aucune recherche pour retrouver mes traces, ce serait inutile ; j'ai pris mes mesures de manière à grossir le nombre des morts inconnus.

« A. S. »

Cette lettre, cachetée, fut adressée à l'*Hôtel de Londres,* où le capitaine Studley allait chaque semaine chercher sa correspondance.

CHAPITRE XVI

LA PAIX

Le lendemain de l'ensevelissement de Lucy Dormer, Mlle Middleham proposa de repartir pour l'Allemagne.

« Vous vous souvenez peut-être, Anne, dit-elle, de tous les châteaux en Espagne que nous avons faits jadis en pension, pour le moment où nous viendrions visiter Paris : tous les achats que nous devions faire, les toilettes que nous voulions commander, les ravages que nous comptions faire parmi les cœurs de tous les comtes et marquis qu'on ne manquerait pas de nous présenter ; eh bien, me voici à Paris ; je n'y connais que la cour de cet hôtel et une portion du jardin des Tuileries, où je me suis promenée de long en large et où je dois avoir creusé un sillon dans les allées, comme autrefois le prisonnier de Chillon sur les dalles de

son cachot. Je suis en grand deuil; les couturières
ont peu d'attraits, et ma cour de comtes et de marquis est représentée par Baptiste le frotteur et
Etienne le concierge.

— Mais vous pourriez visiter un peu les monu-
ments, vous accorder quelques distractions, répondit
Anne; vous avez rempli vos devoirs jusqu'au bout
vis-à-vis de Lucy, et je suis bien convaincue que
Mme Ballard, notre hôtesse, vous servira volontiers
de chaperon.

— Et que feriez-vous pendant ce temps? demanda
Grace.

— Je resterais au logis, et je ferais les préparatifs
de notre voyage.

— Et vous ne m'accompagneriez pas au théâtre?

— Oh! non! Je dois éviter de me montrer en
public. A Bonn, ce sera autre chose; mais ici, à
Paris, je pourrais me rencontrer face à face avec....
des personnes qui me reconnaîtraient, et alors je
serais perdue. »

Mlle Middleham regardait son amie avec curiosité;
ce n'était pas la première fois qu'Anne paraissait bouleversée à la seule pensée d'être vue et reconnue
par des gens qu'elle ne nommait pas, mais qui paraissaient lui inspirer une véritable terreur. C'était
pour le moins étrange; mais, comme elle ne s'expli-
quait pas, Grace s'abstenait de la questionner.

« Ne vous agitez pas, chérie, dit Grace doucement; personne ne vous verra, et je ne me sens pas en disposition de m'amuser. Nous renverrons nos pérégrinations dans Paris et nos nombreuses conquêtes à une époque plus favorable. Vous secouez la tête, Anne, comme si vous croyiez que ce moment n'arrivera jamais; vous êtes faible et abattue, il vous faut avant tout de la tranquillité morale et du repos physique ; vous trouverez cela en abondance dans la maison de ma tante, pas auprès d'elle, par exemple, parce qu'elle est tracassière et fantasque ; mais je me mettrai entre vous, et vous pourrez jouir en paix de la société du professeur, qui est le meilleur homme du monde. Vous hochez encore la tête, incrédule ?

— Je suis un peu fataliste, ma chère Grace, et, quand je vous entends parler de calme et de repos, je me dis que ce bonheur-là ne saurait être longtemps mon partage. Dieu veuille seulement que les épreuves que je redoute pour moi et dont je ne puis vous parler ne vous atteignent pas !

— J'en prendrais volontiers ma part, Anne, si par ce moyen je pouvais alléger la vôtre ; mais n'assombrissons pas l'avenir par nos pressentiments. A chaque jour suffit sa peine. Demain, nous nous mettrons en route, mais nous voyagerons lentement ; rien ne nous presse, et vous avez besoin de ménagements ; vous n'êtes pas aussi forte que vous vous le figurez. »

Mlle Middleham ne s'était pas trompée sur l'état de son amie. Anne désirait si vivement quitter Paris, où elle craignait à chaque pas de rencontrer son père, ou pis encore, celui qui avait le droit de s'appeler son mari, qu'elle avait fait un effort suprême pour paraître forte ; mais une fois en chemin de fer, à l'abri des poursuites, son énergie l'abandonna, et elle tomba dans un abattement et une faiblesse qui au premier moment effrayèrent Grace. Au début, Anne ne voulait entendre parler d'aucun arrêt ; mais, quand Grace lui eut promis d'éviter toutes les grandes villes, elle ne fit plus d'objection ; elle savait que son père visitait souvent Bruxelles, où il fréquentait les maisons de jeu ; mais elle le connaissait assez pour être bien sûre qu'elle ne le rencontrerait pas dans des villes tranquilles, qui n'ont de visiteurs que les artistes ou les amateurs d'antiquités. Les deux amies consacrèrent donc, sans arrière-pensée, quelques jours à Bruges et à Gand, et admirèrent ensemble les églises et les musées.

Après avoir glané sur leur route toutes les jouissances artistiques qu'elles purent inventer, les jeunes filles arrivèrent à Bonn par une belle après-midi d'hiver. Anne fut enchantée de la position de la ville, dont les maisons modernes contrastaient avec quelques vieilles tours noircies par les siècles, et qui se détachaient en relief sur le manteau de neige qui couvrait les rues. Les dames, enveloppées de

fourrures, glissaient rapidement dans de légers
traîneaux conduits par des chevaux empanachés
et secouant les grelots de leurs colliers; les paysans,
qui conduisaient leurs charrettes tout en tricotant,
et les nombreux étudiants, dédaigneux de prendre
des précautions contre le froid, couraient les rues
sans paletot et sans cravates. Tout cela était nou-
véau pour Mlle Studley et la charmait.

On les attendait chez le professeur; et celui-ci
avait envoyé à leur rencontre deux de ses élèves
favoris. Très flattés de la confiance qu'on leur
témoignait, ces messieurs se présentèrent, chapeau bas, devant le coupé des dames, pour saluer
Mlle Middleham et lui souhaiter la bienvenue. Mais,
si les jeunes gens revirent avec plaisir le frais et
gracieux visage de Grace, ils furent vivement frappés
de la dignité et de la beauté plus sévère et plus
classique de Mlle Studley. Après avoir mis ces
dames dans un traîneau, les deux amis, Franz
Eckhardt et Paul Fischer, reprirent le chemin de
la brasserie, où les attendaient leurs camarades.

« La petite Anglaise est gracieuse et jolie, avec
ses yeux bleus et ses cheveux frisés, dit Franz en
allumant sa pipe; mais elle est légère et frivole,
tandis que son amie paraît bien plus sérieuse.

— La nouvelle arrivée, répondit Paul, qui com-
battait sa tendance au romanesque, sans toujours
y parvenir, la nouvelle arrivée, si j'en juge d'après

l'apparence, doit avoir déjà beaucoup souffert dans
sa vie. Mlle Middleham est mutine et moqueuse;
son amie laisse entrevoir dans son regard profond
une âme angoissée et épurée.

— Bon, voilà que tu prends feu ! s'écria Franz. A
quoi te servent donc tous tes travaux scientifiques,
philosophiques, mathématiques, et tous les iques
du monde, si tu ne parviens jamais à calmer cette
flamme sentimentale et romanesque qui te dévore ?
Je ne vois qu'un moyen d'éteindre cet incendie qui
menace de te dévorer : c'est d'aller prendre un
bock avec les amis. »

Une proposition de ce genre sourit toujours à un
étudiant allemand, quelque sentimental qu'il soit
du reste; aussi les deux camarades se dirigèrent-ils
vers le café-brasserie du *Soleil!* Dans une grande
pièce du rez-de-chaussée, une nombreuse compagnie était réunie; une longue table occupait le
centre; elle était chargée de verres et de cruchons,
entourée d'une foule de jeunes gens perdus dans
des nuages de fumée qui sortaient de leurs longues
pipes; les murs étaient couverts de caricatures de
tous genres et de toutes tailles, représentant les
membres du cercle. Nos deux connaissances, Paul
et Franz, s'y trouvaient, et tous deux sous les traits
de Faust. On retrouvait la physionomie de Franz
Eckhardt, sous le costume de Faust, vieux, courbé,
écoutant de loin le chœur des étudiants assemblés

sous sa fenêtre, tandis que, dans le visage délicat du jeune homme à genoux devant une invisible Marguerite, on reconnaissait Paul Fischer.

Un hourrah formidable accueillit les deux amis.

« Nous parlions justement de toi, Paul, dit un grand jeune homme dont le visage était balafré de récentes cicatrices et qui paraissait présider la réunion ; nous disions que, depuis le jour où l'on t'a empêché de te jeter à la rivière, parce que la fille du gantier, Jacob Groll, ne voulait pas de toi, tu paraissais guéri de tes folies amoureuses.

— On dit, ajouta sentencieusement un autre étudiant, qu'il n'y a pas de meilleur curatif contre l'amour qu'un travail forcé ; notre Paul suit ce conseil, il s'est assis aux pieds du professeur Sturm au lieu de courtiser une belle : il adore Minerve et abandonne Vénus.

— Il faudra faire changer les portraits sur le mur, dit un troisième ; Paul Fischer a perdu sa jeunesse et tourne au philosophe, tandis que Franz.....

— Pas si vite, pas si vite ! interrompit Franz en riant ; je suis ici pour vous répondre ; mais, avant de laisser notre artiste toucher aux traits de Paul Faust, il faut que vous m'écoutiez. Que diriez-vous, amis et compagnons, si vous appreniez que notre Paul reste fidèle à son caractère primitif et que.... il est en train depuis une demi-heure de perdre de nouveau son cœur, et prêt à commettre n'importe quelle folie, pour prouver la profondeur de son admiration ? »

Un concert de bravos partit de toutes les bouches. « Son nom ? » demandait-on de toutes parts. Paul Fischer se leva pour protester ; mais ses paroles furent noyées dans des clameurs effroyables ; les uns voulaient qu'il parlât, les autres qu'il se tût.

« Silence ! cria le président d'une voix de Stentor ; nous ne pouvons décemment demander le nom de la belle qui fait battre ce jeune cœur ; néanmoins notre ignorance ne nous empêchera pas de boire à la longue durée de ce nouvel amour. Paul, mon fils, *Prosit !* »

Puis chacun vida son verre en prononçant le même mot.

Pendant ce temps, soupçonnant fort peu qu'elles faisaient le sujet des conversations du *Soleil,* les deux jeunes voyageuses se dirigeaient vers l'allée des Peupliers ; le brave professeur, en l'honneur de ce grand jour, avait quitté sa robe de chambre pour revêtir des habits de gala ; ses yeux brillaient de plaisir quand le traîneau s'arrêta devant sa porte ; il saisit la main de Grace et l'embrassa cordialement sur les deux joues ; il se tourna ensuite vers sa compagne, dont l'abord digne et froid le frappa. La lettre de Mlle Middleham avait bien préparé la famille Sturm à recevoir une personne d'une condition supérieure à celle de Lucy Dormer ; mais il

y avait dans l'attitude de Mlle Studley, malgré
l'extrême simplicité de sa toilette, quelque chose
de si imposant et de si distingué, que le professeur
lui offrit instinctivement le bras pour la conduire
auprès de sa femme.

Grace s'était beaucoup préoccupée de la manière
dont Mme Sturm accueillerait ce nouvel hôte sous
son toit. Elle savait la vieille dame étroite d'esprit
et d'idées, entêtée aristocrate jusqu'au bout des
ongles, et systématiquement opposée à ce qui plai-
sait aux autres. Quoique Lucy Dormer eût été supérieure à sa position sociale, Mme Sturm la trouvait toujours en faute et la traitait avec un dédain
marqué, ne lui laissant jamais oublier quelle situation elle occupait dans la famille. Grâce, qui connaissait la nature fine et délicate de son amie,
craignait pour elle quelques froissements et se
demandait avec anxiété comment Mme Sturm
l'accueillerait.

Ses craintes furent vite dissipées; Anne, présentée sous le nom de Mme Waller, répondit avec
tact aux questions qui lui furent posées; elle dé-
barrassa Grace de ses fourrures et manteaux, ar-
rangea sur la table la potion et le verre de Mme Sturm,
qui menaçaient de tomber, puis elle se retira pour
défaire les malles.

« Cette Waller me plaît, s'écria la vieille dame,
au moment où Anne quittait la chambre; je suis

perspicace, et je conclus, d'après la manière dont
elle a mis cette fiole et ce verre à leur place, qu'elle
doit être parfaitement équilibrée ; je ne serais même
pas étonnée si elle avait quelques connaissances
médicales, et elle pourra m'être d'une grande ressource. Quelle différence avec cet emplâtre de
Lucy ! Celle-ci est une personne tout à fait supérieure, et cela va peut-être compliquer nos rapports
avec elle, car enfin nous ne pouvons la faire manger
à la cuisine avec Lisbeth ; il faudra, je crois, lui
servir ses repas dans le cabinet dont vous avez fait
votre petit salon ; j'y ferai porter la machine à
coudre, et, dans les moments où vous pourrez vous
passer d'elle, elle trouvera là une occupation ;
lorsque les gens sont tristes ou malheureux, c'est
un service leur rendre que de leur fournir quelque chose à faire. A propos, ma nièce, vous n'avez
donc pas trouvé votre amie « Tonique », qui vous
avait appelée auprès d'elle ?

— Non, ma tante, répondit Grace en rougissant
et en réprimant un sourire ; je crois que je suis
arrivée trop tard.

— Je le regrette, car ce nom de « Tonique » me
paraissait d'un heureux augure ; il me semblait
qu'elle pourrait m'indiquer quelque nouveau remède, plus efficace que tous ceux que j'ai essayés
jusqu'ici. Quelle chose étrange que la mort de cette
Dormer !

« — Pauvre fille ! elle était déjà souffrante lorsque nous sommes parties, et son état a rapidement empiré.

— C'était une créature malingre et fantasque. Croyez-vous bien qu'elle ne voulait pas manger de soupe à la bière et qu'elle laissait toujours de côté les pruneaux qui entouraient le veau rôti ? Je suis sûre que Waller est une toute autre femme et sera un trésor pour vous ; croyez-en ma prédiction, car je me trompe rarement. Où l'avez-vous trouvée ?

— La maîtresse de l'*Hôtel de Lille*, à Paris, me l'a chaudement recommandée, dit Grace, parlant très vite ; son mari était très connu, et elle avait les meilleurs certificats.

— Je crois que nous nous entendrons très bien ensemble, et, quand vous pourrez vous passer de ses services, elle me paraît une femme à savoir me donner mes pilules ou mes potions avec exactitude, sans jamais dépasser la dose prescrite ; or, ma chère Grace, je dois avouer que plus je vais, plus j'ai besoin de tous mes remèdes pour me soutenir. »

Le fait est que Mlle Middlcham avait remarqué un grand changement chez la vieille dame, après sa courte absence ; l'ardeur qu'elle mettait à essayer et à avaler tous les remèdes qu'on lui indiquait avait fini par altérer sa constitution. Au bout de peu de jours, Mme Sturm avait pris une telle affec-

tion pour Anne, qu'elle ne pouvait plus se passer
d'elle ; aussi Grace cédait-elle volontiers son amie
à sa tante, comprenant combien il était indispensable de s'assurer la bienveillance de la malade.

Les conversations de l'invalide avec la jeune
femme, si jeune encore, et dont pourtant toute la
vie était brisée, auraient été curieuses à entendre
s'il y avait eu quelqu'un de présent.

Au début, Mme Sturm, animée d'une certaine
curiosité, mais plus encore d'un véritable intérêt,
questionnait Anne sur sa famille, sur son mariage,
sur la maladie et la mort de son mari. Anne répon-
dait laconiquement et sans embarras qu'elle avait
été orpheline de bonne heure, qu'elle s'était mariée
pour se créer un intérieur, et qu'une fois veuve elle
avait dû se procurer des ressources, son mari ne
lui ayant laissé aucune fortune. La bonne dame
accepta cette histoire comme toute naturelle et
n'y fit que rarement allusion, son plus cher sujet
de conversation étant l'avenir de sa nièce. Dans
dix ou douze mois, Grace atteindrait sa majorité
et devrait nécessairement quitter l'humble maison
de sa tante pour prendre la position qui lui reve-
nait en ce monde. Qui serait près d'elle pour la
conseiller et la diriger? Elle-même se sentait trop
âgée et trop infirme pour servir de chaperon, et il
lui semblait impossible que le notaire ou l'homme
d'affaires qui géraient la fortune de Mlle Mid-

dleham pussent lui être d'aucun secours. Elle
comptait donc sur Anne, et lui fit promettre de
se consacrer à Grace, quand le moment de son
émancipation serait venu.

Les rapports entre les deux amies étaient aussi
intimes et aussi tendres que jamais. Grace avait
tenu fidèlement sa promesse de ne jamais questionner Anne sur son passé, et elle ignorait totale-
ment les angoisses et les tortures que sa pauvre
amie avait traversées depuis le jour où elle avait
quitté la villa Chapone jusqu'au moment où elles
s'étaient retrouvées à Paris. Bien plus, ayant remarqué que Mlle Studley évitait de lui parler de
tout ce qui concernait les affaires pécuniaires qui
se rapportaient à la banque, Grace ne lui montra
plus que rarement les lettres de MM. Hillmann et
Hicks; elle sentait instinctivement qu'Anne éprouvait une répulsion particulière pour M. Heath, et
elle ne prononça plus ce nom; elle se demandait
bien d'où venait cette antipathie, mais elle se disait
que ce ne pouvait être un sentiment raisonné et
personnel, quand il s'agissait d'un homme que son
oncle estimait et honorait de sa confiance.

Peu à peu, Anne, qui avait su se rendre indispensable à Mme Sturm, dont les infirmités augmen-
taient journellement, fut introduite dans la société
que recevait le professeur, et, pendant les longues
soirées d'hiver, elle assista aux concerts qui s'im-

provisaient dans le cabinet de M. Sturm. Pour elle,
cette musique suave et harmonieuse était comme
un baume adoucissant sur ses épreuves passées, et
elle goûtait enfin cette paix dont son âme avait
tant besoin.

Une année se passa ainsi.

CHAPITRE XVII

LA MAJORITÉ

« Grace a reçu une lettre d'Angleterre ce matin, dit Mme Sturm une après-dinée, tout en dégustant sa tasse de café, pendant qu'Anne lui faisait la lecture de fragments du journal. C'est, je crois, une lettre de ses hommes d'affaires, car j'ai reconnu cette écriture ferme qui ne se trouve que dans les bureaux et ce gros papier bleu dont on se sert dans les maisons de banque. Il y avait un jeune employé chez mon père qui avait une écriture comme celle-là : je le vois encore, quand il venait prendre les ordres, ou apporter la correspondance; mais j'ai oublié son nom, malgré cela. »

La bonne dame posa sa tasse sur la table et tomba dans une profonde rêverie ; au bout d'un instant, elle reprit :

« Qu'est-ce qui me fait penser à lui aujourd'hui, après tant d'années d'oubli? Ah! je me le rappelle! Il eut la hardiesse de m'adresser une déclaration dans laquelle il m'appelait « chère mademoiselle », et il l'avait écrite sur ce même gros papier bleu; mais mon père eut vent de la chose et y mit ordre. Grace vous a-t-elle montré cette lettre, ma chère?

— Oui, madame, je viens de la lui rendre.

— Oh! alors, vous savez ce qu'elle contenait? Le moment approche où je perdrai ma nièce; elle va devenir une grande dame et, comme ses pareilles, je pense, oubliera ses humbles amis.

— Je ne le crois pas possible, dit Anne vivement; et vous conviendrez que je puis en parler par expérience.

— Vous avez raison, ma chère, et je n'aurais pas dû dire pareille chose devant vous; mais je deviens de plus en plus faible d'esprit et de corps, et je m'inquiète de l'avenir de cette chère enfant. Vous en avez souvent parlé avec elle, je suppose?

— Oui, très souvent en effet, et le changement qui va survenir dans la position de Grace est si grand, que je m'en préoccupe pour elle.

— Je suis comme vous, Waller; mais ce qui me rassure, c'est que vous serez là pour l'aider de vos conseils.

— Il faut que vous renonciez à cette idée, chère madame, reprit Anne; j'ai pu convaincre Grace de l'impossibilité où je suis de retourner en Angleterre.

— Vous ne voulez pas l'accompagner ? s'écria Mme Sturm alarmée; pour quelle raison ?

— Pour des raisons de famille dont je ne veux pas vous fatiguer, répondit Anne.

— Vraiment ? tout à fait impossible ? il s'agit sans doute de ces insupportables Waller ? dit Mme Sturm aigrement. C'est pour moi un grand mécompte, car je ne me consolais de son départ qu'en pensant qu'au moins vous seriez avec elle.

— Je n'ai pas besoin de vous dire combien je le déplore moi-même, reprit Anne; mais c'est une affaire arrangée avec Grace; d'abord elle s'y est opposée, mais la perspective de me laisser auprès de vous lui a fait prendre son parti d'un mal inévitable.

— Vous êtes un ange, Waller, s'écria la vieille dame en embrassant sa compagne, et, avec ma misérable santé, rien ne pouvait m'être plus agréable. Tant que je vivrai, vous avez un asile assuré; mais, comme je connaissais votre tendresse pour ma nièce, je me serais accusée d'égoïsme si j'avais cherché à vous retenir. Maintenant que ce sont ces ennuyeux Waller qui vous forcent à rester, je m'en applaudis pour ma part, puisque je vous garde. Occupons-nous maintenant de chercher une escorte convenable pour Grace.

— Grace voulait proposer, en sorte que je ne commets pas d'indiscrétion en vous en parlant, Grace voulait proposer au professeur de l'accompagner à Londres et de rester quelque temps là-bas avec elle.

— Le professeur! Mais à quoi pensez-vous? Une pareille idée ne peut germer que dans des cerveaux de jeunes filles. Qui fera ses cours? qui s'occupera de moi?

— Je resterai pour vous soigner, chère madame, et, quant à ses cours, ne croyez-vous pas que ses collègues s'en chargeraient avec plaisir? Un peu de changement et de repos lui ferait grand bien.

— Vous n'avez peut-être pas tort, répondit Mme Sturm; il y a longtemps que je me dis que le professeur travaille trop; et, au fait, je ne vois pas pourquoi il se tue comme cela; nous avons pourtant de quoi vivre! Mais l'idée de le voir partir pour Londres me paraît inadmissible; déjà de mon temps cette grande ville était si bruyante que la tête la plus solide n'y tenait pas; comment voudriez-vous donc que mon pauvre mari s'en tirât?

— Souvenez-vous que Grace est accoutumée à tout ce mouvement, et qu'elle sera non seulement capable de se tirer d'affaire, mais encore d'être utile à son oncle. Quant à ce qui regarde les règlements de comptes, elle a MM. Hillmann et Hicks, ainsi que les gérants de la banque; mais il est nécessaire qu'elle ait près d'elle un parent, un homme respectable.

— Je vois ce que vous voulez dire, ma chère; il faut un porte-respect, et, en effet, le professeur est ce qui lui convient. Reste à savoir s'il voudra partir?

— Grace compte pour cela sur votre influence, chère madame; il se trouverait au milieu d'une société de savants, parmi lesquels son nom est connu et respecté, et qui seraient heureux de faire sa connaissance.

— Il y a quelques années, il avait un grand désir de faire un voyage en Angleterre, répondit la vieille dame; mais il n'est plus jeune, et il pourrait payer cher le plaisir de se voir désiré et attendu par le monde scientifique. Nous sommes plus ou moins accessibles à la vanité, et je ne devrais jamais me plaindre de ma mauvaise santé, puisqu'elle me préserve de beaucoup de tentations. »

En disant ces derniers mots, Mme Sturm lissait ses bandeaux de cheveux gris et jetait un regard de côté sur le miroir.

Ce projet nouvellement élaboré ne fut pas mis aux oubliettes, car dès le soir même, après que le professeur eut bien soupé, et bu mieux encore, après qu'il eut été bercé par les mélodies écossaises qu'Anne jouait d'une manière charmante, on lui annonça que Mme Waller ne pouvait pas accom-

pagner son amie à Londres, et on lui proposa de
prendre sa place.

Qu'on lui fît une pareille proposition lui parut
bien étonnant, mais qu'elle vînt de sa femme lui
parut plus incroyable encore.

Il fut tellement surpris qu'il ne put donner de
réponse immédiate et demanda qu'on lui laissât
le temps de réfléchir; mais évidemment cette idée
ne lui était pas désagréable. Le lendemain, deux ou
trois de ses collègues furent appelés en concilia-
bule ; ceux-ci, bien et dûment catéchisés par
Mme Sturm, persuadèrent au professeur qu'ils se
chargeraient volontiers de ses cours, et qu'ils
voyaient un grand avantage pour l'Université à
ce qu'un de ses membres se mît en rapports directs
avec les savants anglais. Pressé de toutes parts,
le bon M. Sturm donna son consentement et commença ses préparatifs de voyage.

« Il me sera dur de me séparer de vous, après
cette bonne année d'intimité, disait Grace à son
amie ; mais, d'après ce que vous dites, il n'y a pas
moyen d'éviter ce chagrin.

— Vous ne m'avez jamais témoigné plus de bonté
et de tendresse, répondit Anne, que lorsque vous
avez consenti à me laisser garder le silence sur ce
qui me touchait; votre confiance m'a été d'un
grand secours pour accepter l'épreuve, et je donne-
rais tout ce que je possède au monde, et Dieu sait

que ce n'est pas grand chose! pour partir avec vous
dans ce moment. Mais cela m'est impossible, et
il faut que vous en acceptiez l'assurance sans que je
puisse vous en expliquer la cause.

— Du moment où vous le dites, cela me suffit
ma consolation est de penser que nous ne serons
pas séparées pour longtemps, car, aussitôt que les
comptes seront réglés, je reviens vous chercher ici,
et nous partons pour de lointains voyages.

— Vous ne songez pas à toutes les séductions du
monde fashionable, lorsqu'il s'agira de retenir à
Londres la jeune héritière? reprit Anne en souriant.
Il serait bien peu naturel, en effet, que vous renon-
çassiez à tous les avantages que vous offrent la
beauté et la richesse, pour courir de côté et d'autre.

— Je ne puis dédaigner des tentations à moi inconnues, dit Grace ; mais, ce que je puis certifier, c'est
que j'y songe fort peu à l'avance. Je vais à Londres, parce que notaires et hommes d'affaires ont
besoin de moi; mais je ne m'imagine pas que mon
arrivée doive faire sensation dans le grand monde.

— Vous êtes une riche héritière; cela seul attirera
l'attention sur vous ; et puis, bien certainement les
amis de votre oncle tiendront à vous entourer. Vous
irez à Londonford, n'est-ce pas ? ajouta Anne d'une
voix un peu tremblante.

— Oh! pour ça non! riposta vivement Grace, sans
remarquer l'émotion de son amie. Mon bon oncle

avait fait tant de plans pour le moment où nous y
vivrions ensemble, que là plus que partout ailleurs
le souvenir de cette lugubre tragédie me poursuivrait nuit et jour. Je donnerai des ordres pour que
cette propriété soit vendue, et je ne veux plus que
ce nom soit prononcé devant moi.

— Je vous approuve en cela, car il n'y a aucune
raison pour que vous conserviez aucun lien avec ce
passé si douloureux ; l'avenir vous sourit, Dieu
merci! tournez vos regards de ce côté-là.

— Et ce qui me ravit le plus dans cet avenir, dit
Grace tendrement, c'est que nous le passerons ensemble.

— Ne comptez pas trop là-dessus, petite chérie :
l'avenir naturel qui s'ouvre devant une jeune fille
est le mariage, un heureux mariage, comme je
l'ambitionne pour vous. Un mari viendra, vous
plaira et vous enlèvera à ma tendresse, et vous ré-
pandrez alors le bonheur non seulement dans votre
intérieur, mais autour de vous.

— Et pourquoi ne suivriez-vous pas la même
route que moi, alors, Anne ?

— Pourquoi ? Oh ! pour mille raisons, ma douce
chérie ; je serai la tante de vos enfants, et très heureuse de l'être.

— Je vous trouve absurde, Anne, car enfin quelle
nécessité y a-t-il à ce que je me marie ? Je n'ai
jamais encore rencontré quelqu'un qui me plût.

— C'est que le vrai « quelqu'un » ne s'est pas encore trouvé sur votre chemin ; je puis très bien comprendre que l'admiration de Paul Fischer vous laisse insensible, ou que votre cœur résiste aux fascinations du Dr Krafft. Mais le vrai conquérant n'est pas encore en scène ; pas une jeune fille n'échappe à cette loi de la nature, et vous, moins que toute autre, avec tous les avantages dont vous jouissez.

— Eh bien, répondit Grace toute rougissante, nous reparlerons de mon « héros » en temps et lieu ; ce que je puis vous assurer dès à présent, c'est que jamais je ne l'aimerai comme je vous aime, et la première condition que je lui imposerai sera de ne jamais me séparer de vous.

— Vous réfléchirez à tout cela quand il en sera temps, ma chérie. Mais, d'après tout ce que j'ai entendu dire, un mari n'apprécie que médiocrement les amies de sa femme ; plus l'intimité est grande moins le seigneur et maître la favorise.

— Mon mari fera ce qui me plaira, repartit Grace, et j'aurai soin que ces « hommes de loi », comme les appelle tante Sturm, me laissent la haute main sur mes propres affaires. Qu'est-ce qui vous fait sourire, Anne ?

— La manière dont vous parlez, chérie. Vous traitez le sujet de votre mariage avec une désinvolture qui montre que vous ne connaissez pas encore les blessures de certain petit dieu jaloux et que vous ne soupçonnez pas l'étendue de sa puissance. Vous penserez différemment un jour, ma petite.

— On dirait vraiment que vous parlez par expérience, Anne. »

Et, comme Mlle Studley ne répondit pas, la conversation en resta là.

Anne approuvait la résolution prise par Grace de vendre Loddonford; elle n'aurait pas osé lui en suggérer l'idée, d'abord parce qu'elle ne voulait en rien se mêler des affaires de son amie; ensuite, elle craignait, en parlant de cette propriété, de laisser deviner quelque chose de son passé. Elle avait poussé la prudence jusqu'à ne pas même indiquer le lieu où elle avait vécu avec son père en quittant la pension. Grace savait que c'était aux environs de Londres. Rien de plus.

Il était plus que probable que le capitaine n'était pas retourné à Loddonford. Pour un homme qui aimait le plaisir, qui cherchait dans le jeu une ressource pécuniaire, il fallait changer souvent de résidence et se perdre, pour ainsi dire, dans de grands centres. De plus, M. Studley avait avoué son infériorité vis-à-vis de Heath, qui était pour lui un véritable tyran, quand ils vivaient l'un près de l'autre; il était donc certain qu'autant que possible Studley éviterait la proximité de son complice; or, d'après les fragments de lettre qu'Anne avait lus, il paraissait que M. Heath dirigeait toujours l'ancienne banque Middleham, qui prospérait par ses soins plus que du temps de son prédécesseur.

Anne se sentait plus en sûreté à Bonn que partout ailleurs, car cette petite ville, habitée par des rentiers ou des savants, ne devait avoir nul attrait pour des hommes comme son père ou son mari. Cette longue année de calme parfait avait rétabli ses nerfs ébranlés; elle ne frissonnait plus lorsqu'un coup de sonnette un peu vif résonnait dans l'escalier; elle pouvait lire le journal sans trembler d'y trouver le récit de quelque nouvelle escroquerie ou de quelque crime qui aurait fait découvrir la perversité de son père.

Elle pouvait éloigner le souvenir de cette affreuse soirée, pendant laquelle elle avait assisté, témoin involontaire, au meurtre de Walter Danby. Sa maladie, l'horrible marché qu'elle avait dû conclure, tout cela se déroulait dans sa mémoire, mais d'une manière vague et confuse, sans cette saisissante réalité qui l'avait presque rendue folle pendant les premiers jours. Elle pouvait se croire tout à fait oubliée par ceux qui étaient le plus intéressés à son silence; ils la tenaient sans doute pour morte, et il valait mieux pour eux, comme pour elle, que son existence ne fût pas soupçonnée. Grace allait revoir M. Heath : elle serait en rapports constants avec lui, pour l'arrangement de ses   aires; mais, comme elle s'était aperçue de la répugnance qu'Anne éprouvait pour lui, elle ne lui parlerait certainement pas de son amie. Elle avait montré une trop grande délicatesse, quand Anne n'avait pas voulu s'expliquer, pour faire allusion devant un étranger aux affaires personnelles de son amie.

La tranquillité d'esprit dont jouissait Mlle Studley depuis son arrivée à Bonn avait promptement remis sa santé; elle conservait toujours une dignité sérieuse qui lui allait fort bien et lui donnait un grand attrait; toujours simple dans sa toilette, bien que Grace eût exigé qu'elle acceptât de beaux appointements, elle avait adopté dans la coupe de ses vêtements un genre simple et sévère qui lui seyait à merveille; elle était fort appréciée et entourée aux réunions de Mme Sturm, et l'on ne faisait nulle différence entre elle et la jeune héritière.

Ce n'était pas seulement dans les après-midi féminines qu'Anne avait du succès; les amis et les élèves du professeur la tenaient en haute estime; son intelligence, son instruction, son talent pour la musique lui avaient gagné les bonnes grâces de tous ces vieux savants, et, quant aux jeunes gens, ils lui accordaient une véritable supériorité sur son amie. Franz Eckhardt surtout se laissait aller à l'attrait qu'il éprouvait pour elle; jamais il n'avait encore rencontré une femme aussi charmante, aussi véritablement femme en toutes choses. Aussi prit-il la résolution de lui offrir sa main et son cœur. Il attendit longtemps, car Anne était si peu coquette, elle avait si peu conscience de l'effet qu'elle produisait, que l'occasion de se déclarer ne se présentait pas. Mais, lorsqu'enfin le pauvre Franz rassembla tout son courage et lui proposa de devenir sa femme, elle le refusa avec bonté, mais d'une manière irrévocable. Il la quitta le cœur navré, mais l'aimant toujours autant et la respectant plus encore.

Anne n'en parla à personne et renferma ce secret dans son âme, comme tant d'autres.

FIN DU PREMIER VOLUME

TABLE DES MATIÈRES

COULOMMIERS. — Typ. PAUL BRODARD.

GRASSART, LIBRAIRE-ÉDITEUR

2, RUE DE LA PAIX, A PARIS

Yonge. *La chaîne de Marguerites.* 2 vol. in-12.   6 fr.

— *Le procès.* Nouveaux anneaux de la chaîne de Marguerites. 2 vol. in-12.   6 fr.

— *Violette.* 2 vol. in-12.   6 fr.

— *L'héritier de Redclyffe.* 2 vol. in-12.   6 fr.

— *Le collier de perles.* 2 vol. in-12.   6 fr.

— *Craintes et espérances.* 2 vol. in-12.   6 fr.

— *Le lion captif.* 2 vol. in-12. 6 fr.

— *Le souhait d'Henriette.* In-12.   3 fr. 50

— *Les deux tuteurs.* In-12. 3 fr. 50

— *Un secret.* In-12.   2 fr.

— *Le livre d'or.* I, Belles actions d'autrefois ; II, Belles actions des temps modernes. 2 vol. in-12. 6 fr.

— *Kenneth,* ou l'arrière-garde de la grande armée. In-12.   3 fr. 50

— *Le petit duc,* ou Richard sans Peur (seule traduction autorisée). In-12.   2 fr. 50

— *Frères et sœurs,* ou les colonnes de la maison. 2 vol. in-12. 6 fr.

— *Trois nouvelles mariées* (The three Brides). 2 vol. in-12.   6 fr.

Pascal (César). *La fiancée du proscrit.* 2 vol. in-12.   7 fr.

Long. *Sir Roland Ashton.* Histoire contemporaine. In-12.   3 fr. 50

Rilliet de Constant. *Chronique de la famille Schonberg-Cotta,* traduit de l'anglais. 2 vol. in-12.   6 fr.

Miss Charlesworth. *Nouvelles scènes du ministère de l'enfance,* traduit de l'anglais par Mme de Witt, née Guizot. 2 vol. in-12.   6 fr.

Gaskell. *Nos femmes et nos filles.* 2 vol. in-12.   7 fr.

— *Vie de Charlotte Brontë* (Currer Bell). In-12.   3 fr. 50

Montgomery (Florence). *Un enfant sans mère* (Misunderstood). In-12.   3 fr.

— *Nina et Mervyn* (Thrown Together). In-12.   3 fr. 50

— *Une vocation* (Thwarted). In-12.   2 fr. 50

Wood (H.). *Les Channing.* 2 vol. in-12.   6 fr.

— *Roland Yorck.* 2 vol. in-12. 6 fr.

— *Le testament de George Canterbury.* 2 vol. in-12.   6 fr.

— *Anne Hereford.* 2 vol. in-12. 6 fr.

— *La nuit du grand brouillard d'Offord.* In-12.   3 fr.

Mulock. *John Halifax, gentleman.* 2 vol. in-12.   6 fr.

— *Le chef de famille.* 2 vol. in-12.   6 fr.

— *Olivia.* 2 vol. in-12.   7 fr.

— *Maîtresse et servante.* In-12.   3 fr. 50

— *Le mari d'Agathe.* In-12. 3 fr. 50

— *La méprise de Christine.* In-12.   3 fr. 50

— *Une exception.* In-12.   3 fr. 50

— *Un héros.* In-12.   2 fr.

— *Une héroïne.* In-12.   2 fr.

— *Aide-toi, le Ciel t'aidera.* In-12.

Witt (Mme Cornélis de). *Le bon vieux temps,* ou les premiers protestants en Auvergne. In-12.   2 fr. 50

— *Un missionnaire, à la ville et dans les champs.* In-12.   2 fr. 50

Long. *Le génie du cimetière.* In-12.   3 fr. 50

— *Réalités de la vie domestique.* 2 vol. in-12.   5 fr.

Couriard (Mlle). *Autour de la lampe.* In-12.   2 fr. 50

Mademoiselle Mori. Esquisse de la vie romaine, 1845-1849. 2 vol. in-12.   6 fr.

Mac-Intosch. *Le fond et la forme,* ou le but et le principe de la vie. In-12.   2 fr. 50

Janin (Mlle H.). *Tante Marguerite.* In-12.   3 fr. 50

Bolle (C.). *Une institutrice en Angleterre.* Histoire de trois amies. 2 vol. in-12.   7 fr.

— *Pauline.* Histoire pour la jeunesse. In-12.   3 fr. 50

Bost (J.-Aug.). *Valentine.* Épisode de la vie d'un pasteur. In-12.   2 fr. 50

Coulommiers. — Imprimerie PAUL BRODARD.